KAI MEYER

DAS GELÜBDE
HISTORISCHER ROMAN

BASTEI LÜBBE TASCHENBUCH
Band 15504

1. Auflage: Juni 2006

Vollständige Taschenbuchausgabe

Bastei Lübbe Taschenbücher in der Verlagsgruppe Lübbe

© 1998 by Kai Meyer
Deutsche Erstausgabe 1998 im Wilhelm Heyne Verlag, München
Diese Neuausgabe erscheint in der
Verlagsgruppe Lübbe GmbH & Co. KG, Bergisch Gladbach,
in Zusammenarbeit mit der Michael Meller Literary Agency, München
Bibelzitate aus: Die Bibel nach der deutschen Übersetzung
von Dr. Martin Luther
Bergische Bibelgesellschaft Wuppertal, 1961
Umschlaggestaltung: Guido Klütsch, Köln
Titelbild: akg-images
Satz: hanseatenSatz-bremen, Bremen
Druck und Verarbeitung: GGP Media GmbH, Pößneck
Printed in Germany
ISBN-13: 978-3-404-15504-0 (ab 01.01.2007)
ISBN-10: 3-404-15504-1

Sie finden uns im Internet unter
www.luebbe.de

Der Preis dieses Bandes versteht sich einschließlich
der gesetzlichen Mehrwertsteuer.

Er geht in die Knie, gleich neben dem Bett der Toten. Er weiß, dass er jetzt weinen sollte. Aber er kann nicht weinen. Ist einfach nicht in der Lage dazu. Er hat davon gelesen, wie er von so vielem gelesen hat, und er hat nie geglaubt, dass es die Wahrheit sein könnte. Aber es stimmt: Manchmal kann man nicht weinen, gerade dann, wenn einem am meisten danach ist. Keine Träne übrig. Nicht nach fünfeinhalb Jahren.

Das Fenster steht einen Spalt weit offen, doch von draußen dringt kein Ton herein. Alles schweigt. Das wäre passend, wenn es nicht Anna wäre, die da tot auf ihrem Bett liegt. Ausgerechnet Anna. Sie hat es geliebt, wenn die Vögel sangen, hat es so geliebt. Es ist Februar. Sie wäre lieber im Sommer gestorben, wenn die Natur eine Stimme hat.

Sie ist ein wenig zur Linken in die Kissen gesunken. Ihre Lippen sind geschlossen, auch ihre Augen. Vielleicht hat Wesener das getan. Hat ihr die Augen geschlossen, damit sie nicht mit ansehen muss, wie sie alle an ihr Bett kriechen. Wie sie trauern um sie, wie sie Annas Leid beweinen und dabei nur ihr eigenes meinen.

Er spricht ein stummes Gebet, aber ihm wird schnell bewusst, dass er dabei nicht wirklich an Gott denkt. Nur an Anna. Er denkt: Wenigstens die Trauer kann er einem nicht nehmen, wenigstens die Trauer gehört uns ganz allein.

Er weiß, dass Anna ihm widersprochen hätte. Sie ist kaum tot, und schon ändern sich seine Ansichten, schon ist er anderer Meinung als sie. Darüber kommen ihm doch noch die Tränen. Ist es nicht sonderbar, wie solche Kleinigkeiten die großen Sorgen mit einem Mal greifbar machen, sie fassbar, fühlbar, begreiflich machen?

Hinter dem Kopfende des Bettes lehnen zwei Krücken. Irgendjemand hat sie für Anna gemacht, vor ein paar Jahren. Sie ist damit einige Schritte in der Kammer auf und ab gegangen, um zu zeigen, dass sie sich darüber freut. Es hat ihr Schmerzen bereitet, wie vieles, wie alles. Trotzdem hat sie getan, als wäre sie glücklich.

Neben ihrem Gesicht, an der Wand, hängt ein kleines Ölgemälde: der Tod Marias. Ein Geschenk der Fürstin Salm. Sie hat so viele Geschenke bekommen, am Ende wurden es immer mehr, aber das hier war ihr eines der liebsten.

Der Tod Marias. Der Tod Annas. Eine Schablone, so offensichtlich, dass es fast lächerlich erscheint.

Ihre rechte Hand ruht auf der Decke, sehr zart, sehr schmal. Die Haut sehr weiß. Er hat diese Hand verehrt, weil sie die Hand einer Heiligen war. Aber geliebt hat er sie, weil es Annas Hand war.

Ihre Hand mit dem blutigen Mal.

Annas Hand, endlich die ihre ganz allein.

Manchmal hat er versucht, sich vorzustellen, wie es sein würde. Er hat immer gewusst, dass er eines Tages in diese

Kammer kommen würde, wie seit fünfeinhalb Jahren Tag für Tag, und sie würde da liegen und tot sein. Auch Anna selbst hat es immer gewusst. Sie hat viel davon gesprochen. Dann hat er ihr gesagt, sie soll still sein, soll nicht von solchen Dingen reden. Aber Anna hat gelächelt, trotz ihrer Schmerzen.

> Der Tod ist nur, was ich will, das er ist.
> Das hat sie gesagt. Und immer nur gelächelt.

Man breitet ein großes Leintuch über ihren Körper.

Ein letzter Blick, bevor sich der Stoff gleichsam schwebend herabsenkt: Die Male haben aufgehört zu bluten. Er kennt jede dieser Wunden, diese zarten, schmalen Münder, Lippen des Vergangenen und Immerwährenden. Sie sind gerötet wie von Scham. Die Krusten sind abgefallen.

Annas Füße sind fest überkreuzt. Ihr zerbrechlicher Körper bildet unter dem Stoff kaum eine Erhebung. Sie war immer leicht, fast gewichtslos, aber jetzt, unter dem weißen Tuch, wirkt sie noch verletzlicher. Eine Wehe aus frisch gefallenem Schnee. Bereit, vom nächsten Wind geglättet zu werden, zerstäubt. Für immer fort.

Man legt sie in einen hübschen Sarg, nicht in den schlichten, den sie sich gewünscht hat.

Man trägt sie fort zum Grab.

Er verlässt die Kammer als Letzter, schließt hinter sich die Tür. Vorher wirft er noch einmal einen Blick zurück, blinzelt die Schleier von den Augen. Schaut auf das leere Bett.

Damals hast du gesagt, dass wir uns wiedersehen.

1

In jenem September 1818 sprachen alle von der Sintflut. So nannten sie es – Sintflut –, obwohl kein Tropfen Wasser floss und niemand die Befürchtung hegte zu ertrinken.

Es war vielmehr eine Flut von Herbstlaub, mehr, als man hierzulande je gesehen hatte. Selbst jene, die weit gereist waren, schüttelten verständnislos die Köpfe. Solch eine Menge in so kurzer Zeit – das hatte noch keiner erlebt.

Innerhalb weniger Tage lagen Wege und Plätze des Städtchens unter einem Meer aus Laub begraben – braune, gelbe, rote Blätter. Tote Blätter. An den Fassaden fingen sich hüfthohe Wälle, manche bis zu den Fensterbänken, und auf den Höfen wurden die Laubfeuer ohne Unterlass geschürt. Dicht wogte ihr Rauch über den Giebeln, und wenn auch der Wind die grauen Schwaden aufwühlte, so wehte er sie doch nie gänzlich davon. Denn in jenen Tagen war es, als ziehe die Stadt die Winde auf sich, und mit den Winden das Laub, das sie mit sich trugen.

Am dritten Tag der Blätterflut brach die alte Dorte, Schwiegermutter des Krämers Weinstein, röchelnd auf dem

Marktplatz zusammen. Der Qualm hatte der gebrechlichen Frau den Atem genommen. Bald darauf war sie tot.

Notgedrungen erließ der Bürgermeister ein Gesetz, das bis auf Weiteres alle Feuer untersagte. Das sorgte zwei Tage lang für erheblichen Aufruhr, und erst als der trauernde Weinstein drohte, seinen Krämerladen zu schließen, hielten sich auch die Letzten an den umstrittenen Erlass.

Die Blätter stiegen höher und höher. Kein Fegen half, kein Umschichten, kein Bündeln. Selbst der Transport auf die umliegenden Äcker blieb vergebens; der Wind wehte das Laub schneller über die Mauern zur Stadt herein, als man es im Inneren zusammenkehren und auf Karren verladen konnte.

Am sechsten Tag gaben sich die Bürger geschlagen. Irgendwann, so sagten sie sich, müssten schließlich alle Äste leer, alles Laub verweht sein. Nur wenige ahnten, dass bis dahin noch Wochen vergehen mochten.

Zweierlei war unerhört an diesen Vorgängen.

Zuvorderst, der frühe Zeitpunkt. Der September mochte dem Ende zugehen, doch das erste Laub wurde meist erst im Oktober erwartet.

Zum zweiten aber – und das war es, was auch den Spöttern wundersam erschien – war die Gegend bekannt für ihren spärlichen Baumwuchs. Im ganzen Ort konnte man die Bäume an zwei Händen abzählen, und draußen vor den Toren sah es noch karger aus. Auf den Höhenrücken im Osten bog sich das Gras weiter Wiesen im Wind, im Süden lagen die Äcker der Bauern, und im Osten öffnete sich das Land zu einer moorigen Ebene, auf der nichts wuchs außer Heidekraut.

Ganz gleich, wie man es auch besah: Es gab nicht genug Bäume in diesem Teil des Landes für eine solche Blätterflut. Was immer das Laub hierher gelockt hatte, es hatte eine weite Reise hinter sich.

2

Ich kam mit der Zehn-Uhr-Kutsche nach Dülmen.

Erschöpft von der Fahrt schob ich mir den Gehstock unter die rechte Achsel, setzte den Zylinder auf, nahm meine Tasche in die Linke und schaute mich um.

Ein Ort wie so viele andere. Ein paar schmucke Fachwerkhäuschen rund um den Markt, der Rest grauer Stein. Menschen waren kaum unterwegs, trotz der Hand voll Händlerbuden, die rund um einen Brunnen standen. Ein streunender Hund beschnüffelte ein Kutschenrad und sprang erschrocken zurück, als der Postillion seinen Pferden die Peitsche gab.

Der Marktplatz lag unter einer Decke aus Laub. Ein paar Kinder tollten in einem entfernten Winkel umher und bewarfen sich mit wirbelnden Blätterballen.

»Herr Brentano?« Eine Stimme in meinem Rücken. »Herr Clemens Brentano?«

Ich drehte mich um und entdeckte einen Mann, Anfang dreißig, ein paar Jahre jünger als ich selbst. Er schenkte mir ein höfliches Lächeln. Sein dunkles Haar mit einem Stich ins Schwarze war zu lang, wenn auch nicht ungepflegt. Seine Nasenwurzel lag eine Spur zu hoch, beinahe auf der Stirn. Der lange Nasenrücken teilte seine Züge in zwei Hälften, ein scharfer, steilwandiger Gebirgsgrat.

»Ich bin Doktor Wesener«, stellte er sich mit einer angedeuteten Verbeugung vor. »Ich hoffe, Ihr Bruder hat meinen Namen erwähnt.«

»Christian hat viel Gutes von Ihnen erzählt«, bestätigte ich und streckte ihm die Hand entgegen. Sein Händedruck war einnehmend fest. »Es freut mich, Sie kennen zu lernen, Doktor Wesener. Einen so selbstlosen Mann wie Sie trifft man nicht alle Tage.«

Ein wenig unsicher, vielleicht auch beschämt, zupfte er an einem Knopf seines schwarzen Gehrocks. Darunter trug er eine sandfarbene Weste und ein weißes Hemd mit hochgeschlagenem Kragen. Beides hätte ich in einer größeren Stadt als altmodisch empfunden, hier aber hob es sich angenehm von der ärmlichen Umgebung ab. Ich war nicht gerne hierher gekommen, doch der erste Eindruck dieses jungen Arztes machte mir Mut; bisher hatte ich befürchtet, Christian habe ihn so überschwänglich gelobt, um mir die Reise nach Dülmen schmackhaft zu machen.

Wesener deutete auf meine Reisetasche. »Wenn Sie möchten, veranlasse ich, dass man Ihr Gepäck ins Gasthaus bringt.«

»Machen Sie sich keine Umstände«, entgegnete ich abwinkend. »Nur ein paar Hemden und Hosen, nichts von Gewicht. Meine Bibel habe ich daheim gelassen, ich nahm an, dass es hier nicht an christlichem Beistand mangelt.« In Anbetracht der Umstände hatte ich die Worte als Scherz gemeint, doch Wesener schien es nicht zu bemerken. Sein Lächeln blieb höflich, herzlich sogar, aber ohne eine Spur von Heiterkeit.

»Möchten Sie etwas essen? Trinken, vielleicht?«

Ich lehnte ab. »Wenn es Ihnen nichts ausmacht, würde ich am liebsten gleich Ihre Patientin kennen lernen.«

»Natürlich.« Er klang nicht sonderlich erfreut über meine Eile. »Wir haben dem Fräulein Emmerick Ihren Besuch angekündigt. Sie gibt sich große Mühe, gefasst und schmerzfrei zu erscheinen. Sie mag es nicht, wenn man sie bemitleidet.«

»Verstehe.« Ich wollte mich in Bewegung setzen, doch Wesener blieb am verlassenen Kutschstand stehen. Gefallenes Herbstlaub reichte ihm bis zu den Waden.

»Ich möchte nur, dass Sie vorher Bescheid wissen«, sagte er. »Es ist wichtig, dass Sie keine falschen Erwartungen haben.«

»Mein Bruder hat mir viel von Schwester Anna erzählt. Ich glaube, ich weiß, was ich erwarten darf.«

»Das Fräulein Emmerick ist überaus empfindsam, auch wenn sie es nicht zeigt. Sie scheint lebhaft, aber damit überspielt sie nur ihr Leiden.« Wesener ging voraus. »Oh, und bevor ich es vergesse: Sie hasst Lob und Komplimente. Versuchen Sie nie, ihr zu schmeicheln.«

Ich nickte dankbar. »Damit haben Sie mich vor einem Fettnapf bewahrt.«

Er lächelte unbestimmt, ohne mich dabei anzusehen. »Ich dachte mir, dass Sie ein Charmeur sind.«

Gemeinsam überquerten wir den Markt. Bei jedem Schritt stoben trockene Laubfetzen auf.

»Der Herbst kommt früh in diesem Jahr«, bemerkte ich.

»Was genau hat Ihr Bruder Ihnen erzählt, wenn die Frage gestattet ist?«

Eine Windbö drohte mir den Zylinder vom Kopf zu wehen; ich konnte gerade noch mit der Rechten danach greifen. Dabei fiel mein Gehstock zu Boden. Wesener bückte sich flink, hob ihn auf und reichte ihn mir. »Vielen Dank. Wissen Sie, mein Bruder war nach seinem Besuch hier sehr – nun, euphorisch. Sie haben ihn kennen gelernt, also wissen Sie bestimmt, was ich meine.«

»Er schien mir in seiner Bewunderung für das Fräulein sehr aufrichtig.«

»Zweifellos. Die Sache ist nur, dass ich nicht ganz so leicht zu begeistern bin.«

Wesener blieb stehen. »Sie sind Atheist?«

»Hat Christian Ihnen das nicht gesagt?«

»Mit keiner Silbe.«

»Ach, dieser Dummkopf. Er ist der festen Überzeugung, dass sich meine Einstellung in dieser Sache nach meinem Besuch bei Schwester Anna ändern wird.«

Der junge Doktor ging weiter, doch nun stand Argwohn in seinen Augen. »Als Dichter haben Sie nicht zufällig irgendwelche, wie soll ich sagen, weltlichen Ämter inne?«

Ich lachte laut auf. »Das Amt, das mir schmecken würde, müsste erst noch erfunden werden. Nein, Doktor Wesener, haben Sie keine Sorge. Ich bin nicht im Auftrag irgendeiner Kommission hier, wenn es das ist, was Sie fürchten. Mein Besuch bei Schwester Anna hat allein private Gründe.«

Er durchschaute mich schneller, als mir lieb war. »Ihr Bruder hat Sie dazu überredet, nicht wahr?«

»Macht das einen Unterschied?«

»Ich hoffe nicht.«

Ich warf ihm von der Seite einen neugierigen Blick zu. »Wie hat es Sie eigentlich hierher verschlagen? Wie viele Jahre sind es jetzt? Vier?«

»Mehr als fünf«, sagte er.

»Was hat Sie bewogen, hier zu bleiben?«

»Hat Ihr Bruder Ihnen das nicht erzählt?«

»Sicher. Aber es würde mich freuen, es noch einmal aus Ihrem Munde zu hören.«

Der Wind trieb uns eine Wand von Blättern entgegen, die uns wie kleine Vögel umtanzten. Nachdem wir dem Zentrum der Windhose entkommen waren, blieben wir stehen, um uns die Laubreste von der Kleidung zu klopfen.

»Sie trauen Ihrem Bruder nicht über den Weg«, meinte Wesener.

»Ich liebe ihn wie, nun ...«, ich lachte, »... eben wie meinen Bruder, wenn Sie wissen, was ich meine. Haben Sie Geschwister?«

»Nein.«

»Manchmal empfiehlt sich Christian gegenüber ein gewisses Maß an Skepsis.« Lächelnd fügte ich hinzu: »Sicher würde er jetzt anmerken, das diese Feststellung auf Gegenseitigkeit beruht.«

Wir gingen weiter, und während ich noch auf Weseners Bericht wartete, entdeckte ich in einiger Entfernung, halb verborgen hinter einem haushohen Laubwirbel, eine einsame Gestalt. Es musste eine Frau sein, trug sie doch weite, bodenlange Gewänder, die schwarz waren wie der tiefste Schatten. Auch ihr Gesicht war verhüllt, oder aber sie hatte mir den Hinterkopf zugewandt; von weitem war das kaum mit Bestimmtheit zu sagen. Einen Moment lang schien es mir, als umkreisten sie die Blätter wie eine ockerfarbene Spirale, die sich aufwärts gen Himmel schraubte, während die Gestalt in ihrer Mitte vollkommen reglos dastand. Eine Wespenkönigin in ihrem Schwarm.

Ich warf Wesener einen Blick zu, doch er schaute in eine andere Richtung, hinüber zu einer Ecke, an der wir abbiegen mussten.

Als ich zurück zu der Frau blickte, war sie fort. Nur die Blätter tobten noch als wirbelnde Säule am Straßenrand, bis ein Windstoß sie abrupt auseinander fegte.

»Haben Sie das gesehen?«, fragte ich.

»Was meinen Sie?«

»Dort drüben, die Frau.«

Er schien mich gründlich misszuverstehen. Er wirkte irritiert, wohl darüber, dass ich mir trotz unserer kurzen Bekanntschaft schon anmaßte, ihn auf eine fremde Frau anzusprechen. »Tut mir Leid«, sagte er knapp. »Ich sehe niemanden.« Er deutete um die Ecke. »Kommen Sie, hier entlang.«

Ich folgte ihm, behielt die Stelle auf der Straße aber bis zuletzt im Blick. Dabei fiel mir ein Schild an einer der Fassaden auf; darauf standen Weseners Name und Doktortitel.

»Ist das Ihr Haus?«

»Meine Praxis, ja.«

Wir gingen eine schmale Straße entlang. Auch hier war das Pflaster vom Laub bedeckt. Zwei Frauen lehnten in ihren Fenstern auf gegenüberliegenden Straßenseiten. Ihr Gespräch verstummte, als sie uns kommen sahen. Höflich grüßten sie Wesener, mich selbst aber bedachten sie mit misstrauischen Blicken. Ich schenkte beiden mein herzlichstes Lächeln und tippte mit dem Finger an den Zylinderrand. Die eine errötete und zog sich rasch zurück, die andere musterte mich weiter, als sei ihr ein Geist erschienen. Ich kenne meine Wirkung auf die Damenwelt. Eine gepflegte Erscheinung, modisches Auftreten und das südländische Blut in meinen Adern sind gewinnende Attribute.

»Das Fräulein schätzt Bescheidenheit«, sagte Wesener.

»Das geht mir genauso.«

»Ich habe Ihren *Godwi* gelesen. Ein Buch, das viel über seinen Verfasser verrät, wie mir scheint. Auch Sie sind Kaufmannssohn wie Ihre Hauptfigur, nicht wahr?«

»Es hat mich nicht lange in Vaters Fußstapfen gehalten.« Es behagte mir nicht, mit einer meiner Schöpfungen verglichen zu werden. »Ich war nie etwas anderes als ein … Verfasser, wie Sie es nennen.«

»Dort vorne ist es.« Wesener deutete auf ein zweigeschossiges Eckhaus. Aus einer offenen Ladentür strömte der warme Geruch frischen Backwerks. »Das Fräulein wohnt im ersten Stock, in einem Eckzimmer zum Hof hinaus.«

»Das Haus gehört nicht ihr?«, fragte ich verwundert. Ich hatte angenommen, dass die Wunder einer stigmatisierten Nonne ein schönes Auskommen sicherten.

»Wo denken Sie hin? Das Fräulein besitzt nicht einmal genug, eine ordentliche Pflegerin zu beschäftigen. Stattdessen muss sie mit ihrer eigenen Schwester vorlieb nehmen, mit Gertrud.« Er betonte den Namen mit merklicher Verachtung.

»Sie mögen sie nicht?«

Wesener rümpfte die Nase. »Sie werden Sie kennen lernen, warten Sie's ab.«

Wir traten durch ein Hoftor und erreichten eine schmale, überdachte Veranda. Durch ein geöffnetes Fenster im Erdgeschoss drangen die Gerüche und Laute der Backstube. Wesener klopfte an eine Tür, wartete aber nicht, bis jemand Antwort gab. Er öffnete und ging hinein, ohne mir den Vortritt anzubieten.

Ich hatte kaum einen Fuß in den Flur gesetzt, als uns eine Frau entgegentrat. Sie war dunkelhaarig und reizlos, abgesehen von ihren klaren blauen Augen. Ihr Atem ging schnell, Schweiß glänzte auf ihrer Stirn. Sie war gerade erst eine enge Wendeltreppe herabgelaufen.

»Herr Doktor«, empörte sie sich, »ich hab Ihnen tausendmal gesagt, Sie sollen warten, bis ich aufmache.«

»Dies ist Herr Brentano«, stellte Wesener mich ungerührt vor. »Gertrud Emmerick, die Schwester des Fräuleins.«

Die Frau bedachte mich mit einem langen Blick. Der ablehnende Ausdruck in ihren Augen blieb unverändert.

»Sind Sie Italiener?«, fragte sie argwöhnisch.

»Mein Vater stammte aus Italien«, gab ich zurück und zog den Zylinder vor ihr. »Meine Mutter war eine Deutsche wie Sie.«

»Sie sehen aus wie ein Italiener.«

»Danke, Madame. Das sagt man mir oft.«

»Sie sprechen unsere Sprache«, stellte sie fest.

»Wie ich schon sagte, Madame, meine Mutter war ...«

»Ja, ja.« Sie winkte ab und wandte sich an Wesener. »Meine Schwester will heute niemanden sehen.«

»Entschuldigen Sie«, meinte Wesener unbeeindruckt, »aber das würde ich gerne von ihr selbst hören.«

»Sie trauen mir nicht?«

Wesener gab keine Antwort, und ich begriff, dass sich diese Szene tagtäglich abspielen musste. Das einfältige Weib legte es darauf an zu beweisen, wer hier das Sagen hatte. Ein undankbares Frauenzimmer, zumal in Anbetracht der Tatsache, dass Wesener ihre Schwester seit Jahren kostenlos behandelte.

Der Doktor schob die Frau sachte, aber unnachgiebig beiseite. »Folgen Sie mir, Herr Brentano.«

Ich nickte Gertrud im Vorbeigehen noch einmal zu, jetzt mit meinem galantesten Lächeln, doch auch dieser Versuch blieb ohne Wirkung.

Wir stiegen die Wendeltreppe hinauf. Gertrud blieb zurück. Im ersten Stock öffnete Wesener eine Tür, schaute vorsichtig hinein und flüsterte: »Ihr Gast ist da, Fräulein Emmerick.«

Eine helle Stimme erwiderte etwas, aber ich konnte die Worte nicht verstehen.

Wesener schaute mich an und drückte die Tür vollends auf. »Bitte, treten Sie ein.«

Ich stellte meine Reisetasche auf der Treppe ab, legte Zylinder und Stock obenauf und trat dann an Wesener vorbei ins Zimmer.

Ich hatte einen schlechten Geruch erwartet, irgendeinen schleichenden Gestank, jahrelanger Krankheit angemessen. Stattdessen aber war die Luft hier drinnen so rein wie auf freiem Felde, gläsern klar unter einem aufziehenden Gewitterhimmel.

Die Kammer war erschreckend klein. Verästelte Risse überzogen die weiß gekalkten Wände wie der Schatten einer Baumkrone. Unter einem Fenster, gleich neben einer hölzernen Gebetbank, stand ein Bett aus Korbgeflecht; es hatte die Form einer Krippe. Daneben hingen an der Wand ein paar Heiligenbilder. Auf der Bank stand ein gekreuzigter Heiland aus hellem Holz. An der anderen Seite des Raumes befand sich eine schwere Kleiderkiste, groß genug, um den Besitz einer Familie darin unterzubringen.

Schwester Anna – das Fräulein Emmerick, wie Wesener sie immer nur nannte – säß mit angelehntem Oberkörper in ihrem Korbbett und schaute mir entgegen.

»Guten Tag«, sagte sie mit freundlicher Stimme.

Meine Kehle war sekundenlang trocken und rau, wie vom Blättern in einem uralten Buch, aus dem sich einem der Staub der Jahrhunderte entgegenwölkt.

Sie trug ein weißes Nachthemd, züchtig bis zum Hals geknöpft. Eine weiße, gewickelte Haube bedeckte eng anliegend ihren Kopf und reichte hinab bis in die Stirn. Dunkelbraunes, sehr kurz geschnittenes Haar schaute im Nacken darunter hervor. Ihr schmales, zartes Gesicht wurde von großen blauen Augen beherrscht. Darüber bogen sich die dichten Brauen wie Halbmonde. Dunkle Ringe lagen unter ihren Augen, Spuren ihres langen Leidens.

Ich machte einen Schritt auf sie zu und streckte ihr zögernd die Hand entgegen. »Guten Tag.«

Sie blickte mit mildem Lächeln auf meine Finger und deutete ein Kopfschütteln an.

Wesener war sofort neben mir. »Fräulein Emmerick kann Ihnen keine Hand geben.«

»Oh, verzeihen Sie.« Das Missgeschick war mir peinlich. Die Geste war unbedacht gewesen, aber der Doktor schien sie gleich als Versuch einer List misszuverstehen. Er glaubte wirklich, ich sei hergekommen, um diesem Schwindel ein Ende zu bereiten.

»Ich habe Sie erwartet, Pilger«, sagte Schwester Anna leise. Das Tiefblau ihrer Augen sog meinen Blick auf wie zwei Meeresstrudel.

»Ich hoffe, ich komme nicht ungelegen.«

»Nein.« Sie schluckte schwer und rang einen Augenblick um Atem. »Ich habe Jahre auf Ihren Besuch gewartet.«

Ich warf Wesener einen verwirrten Blick zu, aber er beachtete mich nicht. Seine Augen waren fest auf seine Patientin gerichtet.

»Wie darf ich das verstehen?«, fragte ich sie.

»Ich habe Sie schon gekannt, ehe Sie zur Tür hereinkamen. Schon oft habe ich einen Mann wie Sie vor mir gesehen, mit dunkler Gesichtsfarbe, mit Feder und Papier. Als Sie gerade in meine Stube traten, da dachte ich: Ah, da ist er ja.«

Das Sprechen schien sie nicht gar zu sehr anzustrengen. Ich erinnerte mich an Weseners Worte: *Sie scheint lebhaft, aber damit überspielt sie nur ihr Leiden.*

»Mein Bruder hat nach seinem Besuch nur noch von Ihnen gesprochen«, sagte ich, um das Thema zu wechseln.

»Dann war er in Gedanken beim Herrn, das ist gut.«

»Ich habe Ihnen etwas mitgebracht. Warten Sie einen Moment, ich habe es draußen, in der Tasche …«

»Ich werde Ihnen nicht fortlaufen, keine Sorge«, bemerkte sie spitz, aber ihr Gesicht war voller Güte.

Das zweite Missgeschick. Wunderbar. »Ich bin gleich wieder bei Ihnen.«

Bald kehrte ich mit dem Bündel Äpfel zurück, das ich heim letzten Halt der Postkutsche gekauft hatte. Wesener runzelte die Stirn, und Anna schaute nur mich an, nicht das Obst.

»Das ist sehr nett von Ihnen«, sagte sie leise.

Ein wenig unsicher geworden legte ich die Äpfel auf die Gebetbank. »Vielleicht mögen Sie später einen.«

»Das Fräulein Emmerick nimmt keine Nahrung zu sich«, unterbrach mich Wesener.

Ich blickte irritiert von ihm zu der Kranken in ihrem Korbbett.

Der Doktor wollte fortfahren, doch Anna kam ihm zuvor. »Die gesegnete Hostie spendet mir alle Kraft, die ich brauche. Pater Limberg bringt sie mir einmal am Tag, dazu frisches Brunnenwasser. Das ist alles, was ich benötige.«

»Sie essen nicht? Sie meinen, *nie*?« Christian musste gewusst haben, warum er mir das verschwiegen hatte; ich hätte ihm danach kein Wort mehr geglaubt.

»Niemals«, bestätigte sie.

Hilflos schaute ich zu Wesener hinüber. Er nickte stumm.

»Das ist nicht Ihr Ernst«, entfuhr es mir erheitert.

Annas Mundwinkel zuckten, doch ein weiteres Lächeln wurde nicht daraus. »Sehe ich aus, als ob ich Scherze mache?«

»Wie lange geht das schon so?«

»Seit meiner Kindheit. Seit mir zum ersten Mal mein Schutzengel erschienen ist.«

»Wie können Sie erwarten, dass ich Ihnen das glaube?«

»Sie glauben nicht an Gott. Wie sollte ich da erwarten können, dass Sie an mich glauben?«

Wesener hatte keine Gelegenheit gehabt, ihr von meinen Zweifeln zu erzählen. Vielleicht hatte sie nur geraten.

Der Doktor blickte mich scharf an. »Es ist besser, wenn Sie jetzt gehen und morgen Nachmittag …«

»Nein«, fiel Anna ihm ins Wort.

»Es ist nicht gut, wenn Sie sich aufregen«, ermahnte er sie.

Sie lächelte traurig. Dabei fiel mir zum ersten Mal auf, wie hübsch die Trauer sie machte. Viele Menschen werden schön, wenn sie lachen; bei Anna war es umgekehrt. Ihre Melancholie legte sich wie eine Glasur über ihre Züge.

»Bitte, Pilger, bleiben Sie. Ich möchte Ihnen etwas zeigen.«

Wesener machte einen Schritt nach vorne und blieb zwischen uns stehen. Er ahnte wohl, was sie vorhatte. »Ich muss protestieren. Es hat keinen Sinn, ihm …«

»Helfen Sie mir«, sagte sie, ohne seinem Einwand Beachtung zu schenken. Mit einem Augenaufschlag, dessen Koketterie zweifellos unbeabsichtigt war, fügte sie drängender hinzu: »Bitte!«

»Als Ihr Arzt rate ich ab.«

»Als Ihre Patientin danke ich Ihnen für Ihre Sorge. Und jetzt, bitte, die Decke …«

Wesener schenkte mir einen vernichtenden Blick, dann schlug er langsam die Bettdecke der Kranken zurück. Ich erschrak, als ich sah, wie mager sie war. Scharf umrissen hoben sich ihre Glieder unter dem weißen Stoff des Nachthemds ab, die Rippen waren deutlich zu erkennen. Mir war unwohl, und ich kam mir auf unerklärliche Weise schuldig vor, als ich an ihrem schmalen Leib herabblickte, bis zu ihren zarten Kinderfüßen. Beide waren mit Binden umwickelt.

»Nehmen Sie die Verbände ab«, bat sie den Doktor.

»Einer muss genügen.«

»Wenn Sie meinen.« Sie klang nicht resigniert, eher als wollte sie ihm einen Gefallen tun.

Bald darauf lag ihr rechter Fuß frei. Die inneren Lagen der Binde waren blutdurchtränkt, als Wesener sie vorsichtig von der Haut löste. In der Mitte des Fußes, oben auf dem Spann, klaffte eine Wunde, groß wie eine Münze und an den Rändern dunkel verkrustet.

Als es mir endlich gelang, meinen Blick davon zu lösen und hinauf in Annas Gesicht zu schauen, hatte sie die Augen geschlossen und den Kopf in den Nacken gelegt, als befände sie sich in tiefer Andacht.

Ich wollte näher ans Bett treten und die Wunde genauer betrachten, doch Wesener hielt mich mit ausgestrecktem Arm zurück. »Ich muss Sie um ein wenig mehr Achtung vor dem Leid des Fräuleins bitten«, sagte er gereizt.

Ich blieb stehen. »Ich nehme an, die Wunde am anderen Fuß sieht genauso aus.«

Der Doktor nickte, während Anna weiterhin schwieg. »Was immer die Wunden verursacht, ist von oben nach unten durch die Füße gedrungen«, erklärte er, während er den Verband neu anlegte. »In all den Jahren, die ich das Fräulein behandle, sind sie nicht ein einziges Mal verheilt. An bestimmten Tagen, meist an Kirchenfesten, bluten sie stärker als an anderen.«

Jeder konnte der armen Frau diese Wunden zugefügt haben, angefangen bei ihr selbst, über Wesener bis hin zu ihrem Beichtvater, diesem Pater Limberg, den sie erwähnt hatte. Trotzdem musste ich mir eingestehen, dass mich der Anblick zutiefst berührte. Was auch immer der Grund für die Verletzungen war, es musste entsetzlich sein, ein Leben lang solche Schmerzen ertragen zu müssen. Von Christian wusste ich, dass die Stigmata der Anna Katharina Emmerick zum ersten Mal im Kindesalter aufgetreten waren. Eine langwierige, schmerzhafte Untersuchung durch den Generalvikar zu Münster hatte ihre Echtheit bestätigt, zumindest in den Augen der Kirche.

Annas Hände hatten bei meinem Eintreten unter der Decke gelegen. Jetzt sah ich, dass sie ebenfalls bandagiert waren. Ich wandte mich eilig an Wesener. »Sie müssen sie mir nicht zeigen.«

»Doch«, sagte Anna mit geschlossenen Augen.

Der Doktor fügte sich, und so sah ich mit wachsender Unruhe zu, wie er die Binde an Annas rechter Hand löste. Die Wunde, die zum Vorschein kam, war kleiner als die am Fuß, sah aber nicht weniger schmerzhaft aus.

»Der Durchstich erfolgte von der Handfläche nach außen«, erklärte Wesener sachlich, als der Mediziner in ihm die Oberhand gewann, »der Richtung am Fuß genau entgegengesetzt. Damit entsprechen die Verletzungen exakt Jesu Wunden am Kreuz.«

Mir brannte die Frage auf den Lippen, ob er etwa dabei gewesen sei, um derart sicher zu sein. Mit Rücksicht auf Anna hielt ich mich jedoch zurück. Allzu viele sagten mir bereits nach, ich sei unfähig, meine scharfe Zunge im Zaum zu halten. Auguste, meine zweite Frau, hatte es mir heulend ins Gesicht geschrien, als ich sie nach einem ihrer schlecht inszenierten Selbstmordversuche verlassen hatte.

»Jetzt die Stirn«, flüsterte Anna.

Wesener wickelte ihre Hand wieder ein und zog die Bettdecke nach oben, bis sie Annas Hüften bedeckte. Dann trat er ans Kopfende der Korbkrippe und löste den Haubenverband seiner Patientin.

Tiefe Schnitte und Kratzer bildeten einen zwei Finger breiten Kranz rund um ihren Kopf, geradewegs über die Stirn hinweg. Oberhalb der Ohren und am Hinterkopf war ihr kurzes dunkles Haar mit Blut verkrustet.

»Wird sie denn nie gewaschen?«, raunte ich dem Doktor zu und spürte, wie Zorn in mir aufstieg.

Weseners Blick wurde noch düsterer. »Das ist Gertruds Aufgabe …«

»… der sie getreu jeden zweiten Tag nachkommt«, beendete Anna den Satz für ihn.

Der Doktor schaute sie streng an. »Sie wissen, dass das nicht die Wahrheit ist. Ich kann nicht verstehen, weshalb Sie dieses Geschöpf auch noch in Schutz nehmen!«

»Sie ist meine Schwester und ein Kind Gottes wie wir alle.«

Wesener schenkte mir einen Blick, der mir fast Hilfe suchend erschien. Ich aber sagte nichts, starrte nur die blutigen Male rund um Annas Kopf an. Zweifellos sahen sie aus wie Spuren einer Dornenkrone.

»Wollen Sie noch mehr sehen?«, fragte der Doktor.

»Alles«, kam Anna mir beharrlich zuvor.

»Es muss wirklich nicht sein«, wandte ich ein.

Wesener sah seine Patientin an. Noch immer waren ihre Augen geschlossen. »Da hören Sie's!«

»Ich habe von ihm geträumt. Er ist der Pilger. Er soll alles sehen.«

Mir war klar, dass Wesener mir die Schuld an ihrem Starrsinn gab, als hätte ich sie mit irgendeinem Zauber behext. Ich sagte nichts mehr, zuckte nur mit den Achseln.

Nachdem der Haubenverband die Dornenmale wieder verbarg, zog Wesener widerwillig Annas Nachthemd unter der Decke nach oben. Er schob es so weit herauf, bis ein breiter Hautstreifen zwischen Annas Bauchnabel und ihren flachen Brüsten bloßlag. Ihr Körper war sehr weiß und sehr eingefallen, die Rippen sahen aus wie Leitersprossen. An ihrer linken Seite befand sich ein blutiger Schnitt, etwa so lang wie mein Zeigefinger.

»Wie von einem Stoß, der von unten nach oben geführt wurde«, sagte Wesener.

Annas Stimme klang sehr weit entfernt. »Der Lanzenstich, den Jesus am Kreuz empfing.«

»Hinzu kommen diese Male«, sagte der Arzt und deutete auf drei kleinere, kreuzförmige Wunden. Die erste war deutlich über dem Herzen zu erkennen, die beiden anderen oberhalb des Brustbeins. Ich hatte kaum hingesehen, da zog Wesener das Nachthemd schon wieder herunter und verpackte Anna fürsorglich in ihre Decke.

»Das ist barbarisch«, presste ich hervor.

»Sie haben noch nicht alles gesehen«, gab der Doktor zurück. »An manchen Tagen erscheinen blutige Striemen auf dem Rücken des Fräuleins, wie Spuren einer Geißelung.«

»Ich empfange sie nur, wenn ich Gott bitte, dass er die

Sünden anderer Menschen vergibt.« Anna öffnete die Augen; sie blickten unvermittelt in meine Richtung, als hätten sie mich während der ganzen Zeit sogar durch die geschlossenen Lider beobachtet. Ihr ozeanisches Blau schlug mich abermals in ihren Bann.

Auch Weseners Blick gewann an Eindringlichkeit. »Wir haben es zudem mit einem schweren Herzleiden zu tun, einer gequetschten Hüfte und den gelähmten Mittelfingern beider Hände.« Sein Tonfall wurde härter, zorniger. »Sind Sie immer noch der Ansicht, dass es sich hier um eine Betrügerin handelt?«

Erschrocken kreuzte ich Annas Blick, doch in ihren Augen war nur diese ewige, unverzagte Güte, die sie selbst unter größten Schmerzen nicht verlor.

»Sie müssen sich nicht schämen, Pilger«, flüsterte sie, als wäre es ihr Wunsch, dass nur ich allein ihre Worte verstand. »Vertrauen Sie mir.«

Und während ich betroffen um eine Antwort rang, schloss sie wieder die Augen, wandte den Kopf zum Fenster und wisperte so leise wie der Flügelschlag einer Nachtigall:

»Irgendwann werden Sie alles glauben.«

3

Im Jahr meiner Ankunft in Dülmen war das Schicksal der Anna Katharina Emmerick bereits im ganzen Land bekannt. Viele kamen, um sie zu sehen, aber nur wenigen wurde vom Triumvirat ihrer Beschützer der Zutritt gestattet. Doktor Wesener fürchtete vor allem um den körperlichen Zustand seiner Patientin, während Pater Limberg ihr geistliches Wohl am Herzen lag; der alte Abbé Lambert war schon während ihrer Jahre im Kloster Agnetenberg ihr Fürsprecher gewesen und liebte sie wie sein eigenes Kind. Als das Kloster der Augustinerinnen seine Pforten schließen musste, war es der Abbé gewesen, der der jungen Frau eine neue Bleibe besorgte. Ihm verdankte sie alles.

Auch bei meinem Bruder hatte der Abbé einen hervorragenden Eindruck hinterlassen. So sah ich einer Begegnung mit ihm voller Hoffnung entgegen. Er schien, obgleich ein Mann der Kirche, am ehesten um Anna als Mensch bekümmert. Für ihn war sie kein Wunder der Medizin, auch kein Altar fieberhafter Frömmigkeit. Er sah in ihr eine Tochter, deren Wohl ihm höchstes Ziel war.

Ich wollte so schnell wie möglich mit dem Abbé in Verbindung treten, und so ärgerte es mich, dass ich bei meinem überstürzten Aufbruch vom Krankenbett nicht gefragt hatte, wo er zu erreichen sei. Aber, so sagte ich mir, ich wollte ohnehin zwei, drei Tage in Dülmen verweilen und Anna noch mindestens einen weiteren Besuch abstatten. Genug Zeit, um ihn ausfindig zu machen.

Ich bezog ein Fremdenzimmer im Gasthaus am Markt. Es war klein, aber reinlich, abgesehen von ein paar getrockneten Blättern, die wohl beim Lüften der Kammer hereingeweht waren. Sie zerbrachen in Hunderte winziger Laubsplitter, als ich sie von den Dielen hob. Ich rieb mir die Hände sauber und ließ die Blätterreste am Boden liegen.

Anschließend nahm ich meine Hemden aus der Tasche und legte sie auf dem Ankleidetisch säuberlich übereinander, so wie Sophie es früher getan hatte, wenn wir auf Reisen waren. Arme, traurige Sophie. Sie war gestorben, als sie unser drittes Kind gebar. Das Kleine war wie seine beiden Geschwister tot zur Welt gekommen.

Dreizehn Jahre waren seither vergangen. Vielleicht ein halbes Leben.

»Du bist ein Dämon, Clemens«, hatte Sophie einmal zu mir gesagt. »Du bist ein Geist, kein Mensch! Du kannst Dinge aussprechen, die das innerste Wesen des anderen zerreißen. Deine Zunge sagt oft Worte, von denen dein Herz und dein Verstand nichts wissen können, die auch das nicht verschonen, was du selbst als das Heiligste erkennst.«

Liebe, kluge Sophie! Sie hatte immer Recht gehabt, in allem, was sie sagte. Heute war mir das bewusst.

Und wie anders war sie doch gewesen als Auguste, die ich Jahre darauf zur zweiten Frau genommen hatte. Auguste war gebildet, von hohem Geist und Witz. Zugleich aber suchte sie in der romantischen Bewegung jener Tage eine Befreiung aus den Zwängen des Frauseins. Erst suchte sie in der Dichterei, dann bei einem Dichter! Unsere Liebe hielt nur wenige Monate, dann trieb Auguste mich mit ihrer Hysterie fast in den Wahnsinn. Ich verließ sie, tauchte bei Freunden unter. Lange sahen wir nichts voneinander, bis unsere Ehe vor vier Jahren durch Tinte und Siegel geschieden wurde.

Aber ich mag es nicht, ein Leben wie die Ziffern einer Gleichung aufzureihen. Die Mathematik des Schicksals macht mir Angst. Ihre Ergebnisse erschrecken mich mit ihrer Logik. Denn was kann die Addition von zweifachem Unglück schon ergeben, außer einen gebrochenen Menschen?

4

Zu später Stunde klopfte es an meiner Tür. Müde taumelte ich durchs Zimmer. Ich war in voller Bekleidung auf dem Bett eingeschlafen. Seit Tagen schon fühlte ich mich schwach und unausgeruht. Vielleicht war eine Grippe im Anzug.

Draußen stand ein Mann, kleiner als ich selbst und von schwerer Statur. Er trug einen schwarzen Priesterrock, darunter dunkle Hosen.

»Sie sind Brentano?«, fragte er ohne Begrüßung.

»Wer möchte das wissen?«

»Darf ich eintreten?«

Ohne Antwort machte ich einen Schritt zur Seite. »Ich habe Ihren Besuch bereits erwartet, Pater Limberg.« Wer sonst hatte Grund, mir derart barsch entgegenzutreten?

Einen Augenblick lang schien er irritiert, doch er fing sich geschwind. »Sie waren heute bei Schwester Anna, Herr Brentano.«

»Das ist wahr. Wollen Sie sich nicht setzen?« Ich deutete auf den einzigen Stuhl im Zimmer. Limberg lehnte mit einer fahrigen Handbewegung ab.

»Sie haben Schwester Annas Gastfreundschaft beleidigt«, schleuderte er mir ohne Vorwarnung entgegen.

Nach allem, was mein Bruder mir von Limberg berichtet hatte, war voraussehbar gewesen, dass es ihm missfallen musste, einen Religionslosen an der Bettkante seiner Schutzbefohlenen zu wissen. An eine Beleidigung aber konnte ich mich beim besten Willen nicht erinnern.

»Bitte, erklären Sie, was Sie meinen«, bat ich ihn, immer noch höflich.

»Als ob Sie das nicht ganz genau wüssten.«

»Verzeihen Sie«, entgegnete ich, nun schon eine Spur schärfer, »aber ich weiß nicht, wovon Sie sprechen. Wenn Sie also eine Erklärung in Betracht ziehen könnten, so ...«

»Sie haben sich Schwester Annas Vertrauen erschlichen.«

»Wer sagt das? Wesener?«

»Es braucht keinen Doktor, um die Verfassung zu durchschauen, in der Sie die arme Frau zurückgelassen haben.«

»Was meinen Sie?«

Pater Limberg machte einen Schritt auf mich zu und setzte mir drohend seinen Zeigefinger auf die Brust. Einen Augenblick lang spürte ich Zweifel an mir selbst, doch dann kehrte meine Selbstsicherheit zurück. Ich war mir keiner Schuld bewusst.

»Schwester Anna wünscht, Sie wiederzusehen«, presste er wütend hervor.

»Und das nennen Sie eine *Verfassung*?«

»Wie würden Sie es sonst nennen – bei einer Nonne?«

»Liebe Güte! Sie sagte, sie hätte von mir geträumt. Das ist nicht meine Schuld.«

Limberg schaute sich im Zimmer um, zählte im Stillen die Hemden auf dem Ankleidetisch. »Sie wollen doch nicht länger bleiben?«

»Vielleicht eine Woche.« Tatsächlich war das nie mein Plan gewesen, aber es gefiel mir mit anzusehen, wie bleich der jähzornige Pater mit einem Mal wurde.

»Sie werden Schwester Anna nicht wiedersehen.«

»Was bereitet Ihnen dabei denn nur solche Sorgen?«

»Die Angelegenheit ist viel zu ernst und mit viel zu großem Leid verbunden, um sie von einem wie Ihnen in den Dreck ziehen zu lassen.«

Ungeduldig wandte ich mich ab und ging einige Schritte im Raum auf und ab. »Ich habe bereits dem Doktor erklärt, dass ich keiner Kommission angehöre, und es mir auch sonst kein Anliegen ist, irgendwelche Eröffnungen über Schwester Anna zu verbreiten.«

»Sie haben es allein der Fürsprache Ihres Bruders zu verdanken, dass Sie überhaupt mit ihr sprechen konnten. Ich hielt ihn für einen Mann mit Verständnis für unsere Lage. Hätte ich auch nur geahnt, dass Sie vom Glauben abgekommen sind, so hätte ich gewiss ...«

»Entschuldigung«, fiel ich ihm scharf ins Wort, »sollte Ihnen daran gelegen sein, meinen Bruder anzugreifen, so muss ich Sie bitten, augenblicklich dieses Zimmer zu verlassen. Christian hoffte – vielleicht ein wenig blauäugig –, mein Besuch hier könne mich zurück in den Schoß der Kirche führen. Allerdings gestehe ich, dass ein Auftreten wie das Ihre nicht gerade meine Bereitschaft fördert, auch nur einen Gedanken an solch einen Schritt zu verschwenden.«

»Ich kenne Ihre Dichtungen, Herr Brentano. Und ich bezweifle, dass Sie einen solchen Schritt jemals ernsthaft erwogen haben.«

Ah, das also war es! »Ich nehme an, Sie haben den *Godwi* gelesen?« Kannte hier denn niemand meine Gedichte, meine Märchen? Natürlich nicht.

Limberg verzog das Gesicht, als hätte er einen widerlichen Wurm auf meinem Rockaufschlag entdeckt. »Ich musste Ihr – nun, Werk zum Glück nicht selbst lesen. Aber Doktor Wesener hat mir ...«

»Einiges darüber erzählt, zweifelsohne«, seufzte ich. »Wissen Sie, was behauptet wird?« Ich hätte die Worte nicht einmal dann zurückhalten können, wenn ich gewollt hätte. »Man sagt, *Sie* seien derjenige, der Schwester Anna diese Wunden zufügt.«

Ich hatte einen wüsten Zornesausbruch erwartet, doch zu meinem Erstaunen blieb Limberg gefasst. Die Wut in seiner Stimme wich betretener Resignation. »Ich habe diesen Vorwurf schon so oft gehört«, sagte er, »dass ich es müde geworden bin, ihn abzustreiten.«

Sein wunder Punkt, gut. Geradewegs ins Schwarze.

»Haben Sie auch nur einen Beweis dafür, dass diese Verletzungen nicht von Menschenhand verursacht wurden?«, fragte ich kalt. »Nur einen einzigen?«

»Die Kirche hat sie offiziell anerkannt.«

»Und deshalb soll ich daran glauben?«

Er musterte mich einen Moment lang, als erwöge er, seine bisherige Einschätzung meiner Person neu zu überdenken. Seine Augen schienen geradewegs in mich hineinzublicken, schienen etwas in mir zu ertasten, zu prüfen. Dann sagte er leise: »Ich denke fast, Sie *wollen* glauben.«

Das kam unerwartet. »Sie wollen nur ablenken«, entgegnete ich matt.

Triumph hellte seine Stimme auf. »Aber das ist es doch, Brentano! Wer hätte gedacht, dass es so einfach ist, Sie zu durchschauen. Sie suchen nur nach etwas, an das sich zu glauben lohnt! Sie haben so viele Enttäuschungen erlebt, dass Sie längst verlernt haben, irgendetwas auf Anhieb zu akzeptieren. Sie möchten glauben, aber Sie können es nicht mehr. Allein darum geht es Ihnen! Nicht um die Wunden dieser armen Frau, nicht um Betrug oder Wahrheit – es geht Ihnen allein um sich selbst.« Er stieß ein abfälliges Lachen aus. »Herrgott, und ich dachte schon, Sie seien gefährlich. Dabei sind Sie nur bemitleidenswert.«

Ich muss ihn derart entgeistert angestarrt haben, dass er sich keck vor mir aufbaute, einen Kopf kleiner als ich und doch mit einem Mal ungemein groß. Überhastet sprach er weiter: »Ich kenne Menschen wie Sie, Brentano. Ich habe in meiner Zeit am Krankenlager der Schwester viele von Ihrem Schlage kennen gelernt. Sie kommen her, weil Sie der Welt unterstellen, sie habe Ihnen übel mitgespielt. Sie sind Sammler – Sammler von Enttäuschungen, von Misserfolgen, von gescheiterten Hoffnungen. Und wo Sie keine finden, sondern auf echte Überzeugung, auf echten Glauben stoßen, da verfallen Sie in Panik. Die Wahrheit macht Ihnen Angst, ist es nicht so? Sie fürchten nicht Betrug oder List oder Niederlage – dazu kennen Sie das alles viel zu gut. Nein, Männer wie Sie, Brentano, fürchten sich vor der Freude, der Wonne, der Begeisterung anderer. Und am meisten vor Ihrem eigenen Glück.«

Lange fiel mir nichts ein, was ich darauf hätte erwidern

können. Ein schrecklicher, ins Unendliche gedehnter Augenblick verging, während ich zusah, wie Limberg sich umdrehte und zur Tür hinaustrat, wie er eins wurde mit dem Dunkel des Korridors und davonging.

Er ließ die Tür offen stehen, vielleicht weil er wusste, dass ich zu schwach war, um sie hinter ihm zu schließen.

5

Ich streifte ziellos durch die Nacht. Der Wind peitschte das Blättermeer in den Straßen wie die offene See, schuf Wogen und Strudel, Verwehungen und tiefe Wellentäler. Ich hielt Ausschau nach einem Rettungsboot, aber es war zu dunkel, und ich war ganz allein auf der Welt. Meine trunkenen Sinne nahmen nur wenig von der Umgehung wahr. Schwarze Fenster in bleichen Fassaden. Die wimmernden Böen in Kaminen und Gassen. Die Blätterwirbel, die auf mich zurasten, um sich kurz vor dem Ziel in nichts aufzulösen.

Ich schleuderte die leere Flasche in die Finsternis. Sogar ihr Aufprall ging im Getöse der Winde unter. Vielleicht hatte das Laub sie aufgefangen. Und wer fing mich auf? War denn mein Selbstmitleid noch immer nicht im Alkohol ersoffen?

Schwankend, im Licht einer flackernden Laterne, blickte ich auf meine Taschenuhr. Gleich halb eins. Ich war hundemüde.

Ich setzte mich an eine Straßenecke und beobachtete im Laternenschein die Oberfläche der Blätterflut. Sie bewegte sich auch dort, wo kein Wind sie streifte. Das Laub schien sich zu verdichten und wieder auszudehnen, kreiste in langsamen, beinahe unsichtbaren Spiralen um sich selbst. Immer wieder kroch es voller Neugier auf mich zu, dann wieder schob es sich fort von mir.

Natürlich hatte ich nachgedacht über das, was Limberg gesagt hatte. Welche Wahl hatte er mir auch gelassen, nach solch einem Auftritt. Ich hatte seine Worte als Unsinn verworfen, als verzweifelten Vorstoß angesichts meiner sicheren Überlegenheit. Das mag ich am meisten am Wein: Er steigert die Selbstschätzung. Oder sollte ich besser sagen: Überschätzung? Egal, ein Hoch auf den Erfinder solchen Gesöffs!

Ich stemmte mich zitternd auf die Beine. Stolperte weiter durch die finsteren Straßen. Manchmal geriet ich erneut in den Lichtkreis einer einsamen Laterne, wankte darin vor und zurück, gefangen wie eine Obstfliege in einer Seifenblase.

Irgendwann stand ich vor dem geschlossenen Bäckerladen. Die Fenster des Hauses waren dunkel. Noch während ich meinen wirren Gedanken nachhing, die eine oder andere Möglichkeit erwog, verwarf, von neuem überdachte, regte sich im Durchgang zum Hinterhof eine Gestalt. Die nächste Laterne war zu weit entfernt, um den Schatten jenseits des Torbogens zu erhellen. Noch bevor ich den Mann erkennen konnte, huschte ich in die Nische der Ladentür und spähte mit einem Auge um die Ecke.

Ich war nicht allzu überrascht, als Pater Limberg unter dem Torbogen hervortrat. Zielstrebig ging er an mir vorbei, kaum eine Armlänge entfernt, ohne mich in meinem Versteck zu bemerken. Er trug eine Stofftasche unter dem

Arm. Sein langer Mantel flatterte im Wind, der Saum wirbelte Blätter vom Boden.

Als er weit genug entfernt war, verließ ich mein Versteck und schlich durch das Tor auf den Hinterhof. Ein Blick hinauf zu Annas Fenster versicherte mir, dass es in der Kammer dunkel war. Kein Kerzenflimmern. Der Drang, einfach anzuklopfen, alles aufzudecken, den ganzen bösen Schwindel wie Staub aus dem Schatten hervorzukehren, war ungemein stark. Die Aussicht, Anna vor Schlimmerem zu bewahren, lockte mich. Mehr noch aber, Limberg das Handwerk zu legen.

Stattdessen aber lief ich zurück auf die Straße, jetzt ein wenig klarer im Kopf. Klar genug, um den Weg zum Gasthof zu finden. Klar genug sogar, um in meiner Kammer einen Brief aufzusetzen. Alles niederzuschreiben, die ganze Schande des eifernden Paters. Ich faltete das Papier, versiegelte es mit Kerzenwachs. In der menschenleeren Schankstube stand ein Holzkasten für die Post der Gäste. Der Brief verschwand im Schlitz.

Als ich zu Bett ging, tat ich es im Bewusstsein, den richtigen Schritt getan zu haben.

Wirklich zu Bewusstsein aber kam ich erst am Morgen.

6

»Wo ist die Post?«, fragte ich den Wirt, der hinter der Theke Gläser polierte.

Verwundert über meine Erregung ließ der Mann das Glas sinken. »Es ist nach elf«, sagte er und beäugte mich argwöhnisch. »Die Kutsche ist seit einer Stunde fort.«

»Und die Post mit ihr?«

»So ist es.«

Fluchend ging ich im Schankraum auf und ab. Mein Kopf schmerzte. Mein Magen fühlte sich an, als hätte ihn jemand die Nacht hindurch mit einem Schmiedehammer bearbeitet. Ich hatte den verfluchten Brief tatsächlich abgeschickt. Spätestens in zwei Tagen würde er die Regierungspräfektur zu Münster erreichen. Meine einzige Hoffnung war, dass ich im Suff solchen Wirrwarr gekritzelt hatte, dass man ihn schnell als Gefasel eines Betrunkenen erkennen würde. Zum ersten Mal in meinem Leben wünschte ich mir von Herzen, mich durch und durch lächerlich zu machen. Irgendein kleiner Beamter würde den Brief in den Abfall werfen, und er würde gut daran tun.

»Wünschen Sie, dass meine Frau Ihnen rohen Fisch bringt?«, fragte der Wirt. »Ein altes Hausrezept gegen den

Kater.« Noch immer hielt er Glas und Tuch in Händen, ohne in seiner Arbeit fortzufahren.

Mein Magen bäumte sich auf wie eine gemarterte Stute. Ich lehnte ab, ging wieder nach oben, wusch und frisierte mich. Erst dann machte ich mich erneut auf den Weg. Unterwegs kaufte ich an einem Marktstand ein paar Herbstrosen und ließ sie zu zwei kleinen Sträußen binden.

Derart bestückt trat ich an die Hintertür des Bäckerhauses, klopfte, wartete höflich, bis Gertruds Schritte hinter dem Holz ertönten.

»Wer da?«

»Clemens Brentano, Frau Emmerick. Ich wünsche einen Guten Morgen.«

Im Fenster der nahen Backstube erschien das mehlbestäubte Gesicht eines Lehrjungen, nur um gleich darauf am Ohr zurückgerissen zu werden.

»Ich darf Sie nicht einlassen«, knurrte Gertrud abweisend.

»Sagt das der Pater?«

»Verschwinden Sie.«

»Ich bringe Blumen.«

»Meine Schwester verabscheut Geschenke.«

»Nicht für Ihre Schwester. Für Sie!« Dabei beeilte ich mich mit flinken Fingern, aus den beiden kleinen Sträußen einen großen zu machen.

Die Hintertür wurde einen Spaltbreit geöffnet. »Die sind für mich?« Das Haar der Frau war zerzaust, als wäre sie eben erst aus dem Bett gestiegen. Ich war sicher, dass ihr niemals zuvor jemand Rosen geschenkt hatte.

Ich trug mein einnehmendstes Lächeln zur Schau und

hielt ihr den Strauß entgegen. »Frisch geschnitten.« Nicht einmal diese Lüge durchschaute sie. Heilige Einfalt! »Darf ich jetzt hereinkommen?«

Sie blickte an mir vorbei in den Hof. Als sie dort niemanden entdeckte, zog sie hastig die Tür auf. »Hat Sie irgendwer gesehen?«

»Keine Menschenseele«, log ich unverblümt mit Verschwörermiene.

Einen Augenblick später stand ich mit ihr am Fuß der Wendeltreppe. Unbewusst versperrte sie mir den Weg nach oben. Immer noch ein wenig fassungslos betrachtete sie das Blumengebinde.

»Sie sollten sie ins Wasser stellen«, sagte ich.

»Oh ja, gewiss.« Trotzdem blieb sie stehen und roch der Reihe nach an jeder einzelnen Rose.

»Pater Limberg darf nichts von meinem Besuch erfahren.«

Sie starrte mich an, als hätte ich eine unglaubliche Dummheit von mir gegeben. »Natürlich nicht.«

Mit einem Mal bedauerte ich dieses schlichte Geschöpf. »Was würde geschehen, wenn er doch davon hört? Müssten Sie dann um Ihre Stellung fürchten?«

Sie stieß ein wieherndes Lachen aus, das sie keineswegs liebreizender machte. Trotzdem war ich erstaunt, wie sehr ihre blauen Augen denen ihrer Schwester glichen. »Der Pater würde mich niemals rauswerfen.« Sie kicherte wie ein kleines Mädchen. »Er hält mich für eine Prüfung, die der Herr Katharina auferlegt hat.«

»Sie nennen Sie Katharina?«, fragte ich und hoffte, sie würde allmählich den Treppenaufgang freigeben.

»So haben meine Eltern sie gerufen. Aber sie hat diesen Namen nie gemocht.«

Ich dachte: Bestimmt ein guter Grund für dich, sie so zu nennen, du Hexe!

Womit nur hatte Anna den Hass ihrer Schwester auf sich gezogen? Die Antwort gab ich mir selbst: allein durch die Aufmerksamkeit, die alle Welt ihr schenkte. Dabei wäre Anna ohne all den Trubel fraglos glücklicher gewesen.

»Darf ich jetzt zu ihr?«, fragte ich vorsichtig.

Gertrud grinste breit. »Der Abbé war schon in der Frühe hier, der Doktor kommt erst gegen zwei und Pater Limberg sogar noch später. So lange können Sie bleiben.«

Ich hoffte, mein Lächeln wirkte trotz meiner Kopfschmerzen aufrichtig. »Ich bin Ihnen zu größtem Dank verpflichtet, Madame.«

Beschämt blickte sie zu Boden, dann tänzelte sie unbeholfen wie ein übergewichtiges Kind beim Ballettunterricht davon. Schnell, bevor sie ihre Meinung ändern konnte, eilte ich die Stufen zur ersten Etage hinauf und klopfte an Annas Tür.

»Sind Sie's, Pilger?«, fragte sie von innen.

Hatte sie meine Stimme im Treppenhaus gehört? Ich öffnete vorsichtig und trat zögernd ein.

Sie saß unverändert in ihrer Korbkrippe, den Rücken gegen ein Polster aus Kissen gelehnt. »Schließen Sie die Tür, bitte.«

Ich trat bis auf zwei Schritte an ihr Bett. »Ich will nicht stören, aber …«

Neben ihr auf dem Kopfkissen saß eine Lerche und putzte gelassen ihr Gefieder. Ein zweiter Vogel hockte auf dem

Fensterbrett. Das Fenster war geöffnet, doch keines der beiden Tiere machte Anstalten davonzufliegen.

Anna zog eine bandagierte Hand unter der Bettdecke hervor. Ein gequälter Ausdruck flimmerte über ihre Züge, als bereite ihr sogar diese winzige Bewegung Schmerzen. Langsam streckte sie den Zeigefinger aus. Sogleich sprang die Lerche vom Kissen auf ihren Finger und stieß einen zaghaften Pfiff aus.

»Wie machen Sie das?«, fragte ich verblüfft.

»Sie tun ja gerade so, als hätte ich den Sprung gemacht, und nicht der Vogel«, bemerkte sie und kicherte mädchenhaft.

»Wie kommt es, dass sie nicht wegfliegen?«

»Wenn Sie sich nicht allzu hastig bewegen, werden sie hier sitzen bleiben, bis Wesener kommt. Er sagt, sie bringen Krankheitserreger ins Zimmer, deshalb mögen sie ihn nicht. Sie fliegen dann fort und kommen erst am nächsten Morgen wieder. Manchmal verstecken sie sich auch hinterm Bett.«

»Das ist fantastisch.«

»Ist es das?«, fragte sie verwundert. »Ich weiß nicht, tun das nicht alle Vögel?«

Ich dachte: Wie lange ist es her, dass du zum letzten Mal in Freiheit warst? Keine Gefangene deines Körpers und dieses verrückten Paters.

»Bedauern Sie mich bitte nicht«, flüsterte sie, ohne mich anzusehen. Ganz sachte blies sie unter die gefiederte Brust des Vogels. Das Tierchen wog sich voller Wohlbefinden vor und zurück.

»Können Sie etwa auch Gedanken lesen?«

Sie lachte leise. »Dazu gehört nicht viel. Jeder, der hierher kommt, bedauert mich.« Ihre Mundwinkel zuckten amüsiert. »Abgesehen von Gertrud, vielleicht.«

»Sie sind nicht wütend, dass ich gekommen bin, oder?«

Jetzt trafen sich unsere Blicke. »Hat man Ihnen das nicht gesagt?« Sie imitierte Weseners Tonfall: »Das Fräulein Emmerick ist niemals wütend. Sie ist die Güte selbst.«

»Das klingt verbittert.«

»Ach was.« Sie schüttelte den Kopf. Ich sah ihr an, dass ihr die Bewegung wehtat. »Gott hat mir alles Glück der Welt geschenkt.« Erst später begriff ich, dass sie das ernst meinte. »Weshalb sind Sie zurückgekommen?«

»Ich bin nicht sicher«, antwortete ich. »Ich glaube, ich wollte Sie einfach noch mal sehen.«

»Um meinen Betrug aufzudecken?«

»Ich denke nicht, dass Sie irgendjemanden betrügen.«

Sie verzog das Gesicht. »Oh, natürlich nicht. Ich bin das Opfer eines übereifrigen Geistlichen, nicht wahr?«

Sie hatte die unangenehme Angewohnheit, einen ständig mit den eigenen, unausgesprochenen Gedanken zu konfrontieren. »Vielleicht«, sagte ich.

»Hat es einen Sinn, wenn ich Ihnen versichere, dass der Pater niemals Hand an mich gelegt hat?«

Ich entschied, ebenso frei heraus zu sprechen, wie sie es tat. »Er könnte Ihnen die Wunden im Schlaf zufügen.«

»Meinen Sie nicht, davon müsste ich aufwachen?« Jetzt klang sie belustigt. »Mein Lieber, wenn Sie schon versuchen wollen, hier einen Schwindel aufzudecken, dann werden Sie sich mit meiner Mitschuld abfinden müssen.«

Ich stand da wie ein dummer Schuljunge. »Es tut mir Leid.«

»Ich wette, wenn ich Sie jetzt frage, *was* Ihnen Leid tut, können Sie mir darauf keine Antwort geben.«

»Wollen Sie, dass ich gehe?«

»Im Gegenteil. Ich bin froh, dass Sie hier sind.«

»Weil ich Ihnen im Traum erschienen bin?«

Schmunzelnd sah sie zu, wie die zweite Lerche von der Fensterbank auf ihre Decke hüpfte. »Ich sagte, ich hätte Sie gesehen. Das heißt nicht, dass ich von Ihnen geträumt habe.« Sie blickte mich an, ein schalkhaftes Blitzen in den Augen. »Aber sicher sind Sie es gewohnt, dass Frauen von Ihnen träumen.«

»Sie machen sich über mich lustig.«

»Nicht im Mindesten. Aber ich durchschaue Sie. Ist Ihnen das unangenehm?«

Ich schüttelte den Kopf, obgleich ich es besser wusste. »Ich wünschte nur, diese Fähigkeit würde auf Gegenseitigkeit beruhen.«

Sie legte den Kopf schräg wie ein junger Hund, der seinem Herrn zuhört, ohne ihn wirklich zu verstehen. »Denken Sie denn, ich hätte irgendwelche Geheimnisse vor Ihnen? Ich glaube, dafür sind wir einander viel zu ähnlich.«

Meine Verwirrung wuchs. »Sind wir das?«

»Sie sind zu höflich, um mir zu widersprechen«, sagte sie neckisch. »So wird unser Gespräch wohl nie gänzlich ungezwungen werden.«

Ich deutete auf die beiden Lerchen. »Kennen Sie das Märchen von den zwölf Brüdern?«

»Das, in dem die Königstochter ihre Brüder in Raben verwandelt?«

»Ganz genau. Diese beiden Vögel sind so zahm, dass auch in ihnen zwei verzauberte Prinzen stecken könnten.«

Sie lachte hell auf. »Aber das sind doch Vogeldamen!«

»Oh«, entfuhr es mir, »dann müssten es wohl Prinzessinnen sein.«

»Was Ihnen natürlich lieber wäre.«

»Nur, wenn sie sich durch einen Kuss zurückverwandeln ließen.«

Anna hob die zweite bandagierte Hand – sehr langsam, aber nicht schwerfällig – und strich mit dem Zeigefinger über ein winziges Vogelköpfchen. »Den Kuss müssten Sie übernehmen – nur für den Fall, dass doch ein Prinz daraus wird. Ich bin Augustinerin, vergessen Sie das nicht.«

»Meinen Sie das ernst?«

Sie nickte auffordernd. »Kommen Sie her.«

»Ich soll einen Vogel küssen?«

»Solange es hier keine Prinzessin gibt, werden Sie damit vorlieb nehmen müssen.«

»Sie sind verrückt«, sagte ich lachend, trat aber fügsam an ihre Bettkante.

»Sie müssen sich bücken«, bat sie. »Ich kann den Vogel nicht bis zu Ihrem Gesicht heben.«

Zögernd beugte ich mich vor.

»Einen Kuss«, sagte sie. »Schnell!«

»Er wird wegfliegen.«

»Er ist eine *sie*. Und sie wird nicht wegfliegen. Vielleicht mag sie Italiener.«

»Ich bin kein …«

»Nun kommen Sie schon!«, unterbrach sie mich ungeduldig.

Meine Lippen berührten einen angelegten Flügel des Vögelchens. Das zutrauliche Wesen pulsierte wie ein gefiedertes Herz. Eine fremdartige, verwirrende Erregung durchfuhr mich.

Anna blickte die kleine Lerche freudestrahlend an. »Tatsächlich, eine Prinzessin! Wer hätte das gedacht?«

Ich ging neben der Krippe in die Hocke, mein Blick wechselte verwundert von dem Vöglein zu Anna. »Aber sie ist immer noch ein Vogel.«

»Sie ist eine Prinzessin! Jeder, der ein wenig Fantasie hat, kann das sehen.«

»Wäre sie eine, wäre sie zu schwer für Ihren Finger.«

»Papperlapapp.« Gerührt vor Glück vollführte sie mit dem Zeigefinger einen unmerklichen Wink. Der kleine Vogel sprang mit zwei lustigen Hüpfern auf die Fensterbank und plusterte sich im Schein der Herbstsonne wohlig auf. Sein Schwesterchen setzte sich daneben.

»Wollen Sie ihr einen Namen geben?«, fragte ich.

»Glauben Sie, eine Prinzessin würde sich das gefallen lassen?«

»Es käme wohl auf den Versuch an.«

Anna überlegte eine Weile, dann sagte sie: »Ich werde darüber nachdenken. So was sollte man nicht überstürzen.«

»Gewiss nicht. Mögen Sie eigentlich Märchen?«

»Oh ja!« Ihr bleiches Gesicht schien vor Verzückung zu leuchten. »Meine Mutter hat mir früher welche erzählt, als ich noch ein Kind war. Und manchmal, wenn mein Schutzengel mich durch die Sphären des Herrn führt, komme ich mir selbst vor wie in einem Märchen.«

Beinahe gegen meinen Willen schaute ich mich in der Kammer um. »Ist er jetzt auch hier, Ihr Schutzengel?«

»Stets und ständig«, sagte sie. »Aber nicht immer ist er sichtbar. Er verlässt mich nie, schon seit meiner Kindheit.«

»Können auch andere ihn sehen?«

»Was für eine Frage!«

Ich zuckte bedauernd mit den Schultern.

»Niemand sieht den Schutzengel eines anderen«, rügte sie mich.

»Spricht er oft zu Ihnen?«

»Sie reden mit mir, als wäre ich verrückt. Das gefällt mir nicht.«

»Das wollte ich nicht, verzeihen Sie.«

»Erzählen Sie mir lieber von sich selbst.«

»Ich schreibe. Vor allem Gedichte und Märchen. Deshalb habe ich Sie vorhin danach gefragt.«

»Limberg sprach von einem Buch …«

»Er mochte es nicht besonders, fürchte ich.«

Sie lachte auf. »Er hat gesagt, es handele allein von den Gelüsten seines Verfassers.«

»Es wirft ein bezeichnendes Licht auf einen Priester, wenn sein ganzes Augenmerk auf solche Dinge gerichtet ist.«

»Sie tun dem armen Limberg unrecht. Er ist allein um die Sittlichkeit seiner Mitmenschen bemüht.«

»Ich hoffe, er verliert dabei nicht den Sinn für die eigene.«

»Sie müssen einiges durchgemacht haben, wenn Sie eine so schlechte Meinung von einem Menschen haben, den Sie überhaupt nicht kennen.«

»Er hat mir einen Besuch abgestattet.«

»Ich weiß. Er kam danach zu mir und erzählte mir davon.«

Sicher hatte Limberg jedes Wort wiederholt. Das war mir äußerst unangenehm.

»Es muss Ihnen nicht peinlich sein«, sagte sie sanft.

»Allmählich glaube ich wirklich, dass Sie Gedanken lesen.«

»Ich hab's Ihnen angesehen. Außerdem habe ich versucht, mich in Ihre Lage zu versetzen. Niemand würde es mögen, wenn Limberg so etwas zu einem sagte und ein anderer davon wüsste.«

»Glauben Sie denn, dass er Recht hat?«

»Im Gegensatz zu Ihnen werde ich mir kein vorschnelles Urteil anmaßen.«

»Sind Sie denn immer nur gerecht und gütig?«

»Wenn ich es nicht wäre, wer sonst? Der Herr hat mich zu seiner Erwählten auserkoren.« So, wie sie das sagte, wirkten ihre Worte weder verbohrt noch stolz. Es war einfach eine Feststellung, und Anna klang dabei nicht einmal besonders glücklich.

»Lassen Sie uns noch ein wenig über Sie plaudern«, schlug sie vor. »Sie wollten mir von sich erzählen.«

»Es gibt nicht viel, das wichtig wäre.«

»Fangen Sie einfach mit Ihrem Geburtstag an.«

»Der 8. September 1778«, sagte ich. »Nur ein Datum, nichts sonst.«

»Im Gegenteil«, widersprach sie erfreut. »Auch mein Geburtstag ist der 8. September.«

»Das erfinden Sie!«

»Ich versichere Ihnen, es ist die Wahrheit. Nicht im selben Jahr, aber am gleichen Tag im gleichen Monat.«

Ich zog mir den einzigen Stuhl im Zimmer heran und nahm Platz. »Ein Zufall, nichts sonst. Oder glauben Sie, Sie haben deshalb von mir geträumt?«

»Nicht geträumt, das sagte ich doch. Aber gesehen habe ich Sie.«

»Ich war nie zuvor in Dülmen.«

»Ich sah Sie in einer Vision, die mein Schutzengel mir sandte.«

»Dann sollten wir nicht länger von mir, sondern lieber von Ihrem Engel sprechen«, sagte ich. »Erzählen Sie mir von ihm.«

Zu meiner Überraschung schien sie sich darauf einzulassen. Ihr Blick verklärte sich, ging durch mich, ja sogar durch die Mauern in meinem Rücken hindurch.

»Erst sehe ich nur einen hellen Glanz, ein grelles Licht, das alles andere auslöscht. Daraus tritt er dann hervor, gekleidet in einen Priestertalar und ganz und gar durchscheinend.«

»Der Talar oder er selbst?« Die Frage war mir herausgerutscht, bevor ich es verhindern konnte. Schnell fügte ich hinzu: »Entschuldigen Sie, ich wollte nicht ...«

»Der Engel hat mich in die Wege Gottes eingeführt«, fiel sie mir leise ins Wort, als hätte sie gar nicht gehört, dass ich gesprochen hatte. Ihre Augen schauten noch immer in eine Ferne jenseits der Kammer. »Er hat mich vieles gelehrt, hat das Gute und Reine in mir geweckt, auf dass ich nie meine Taufunschuld beflecke. Durch ihn lernte ich das Streben nach höchster Vollkommenheit. Er machte mich zum Gefäß Gottes, erwählt zum Sühneleiden für die Sünden anderer.«

Eben noch war sie so gelöst, beinahe kindlich verspielt gewesen. Jetzt war davon keine Spur mehr zu entdecken. Sie sprach ernsthaft, im Tonfall einer Predigt. In meinen Ohren klangen ihre Worte wie auswendig gelernt, dabei vollkommen leidenschaftslos, trotz des frommen Inhalts. Ich war sicher, dass Pater Limberg ihr diesen Sermon eingeimpft hatte.

»Der Engel lehrte mich Buße üben und Strenge bezüglich meiner selbst«, fuhr sie fort, mehr und mehr wie in Trance. »Er behütet mich vor den verderblichen Einflüssen in meinem Inneren und in der Welt dort draußen. Er untersagte mir jede irdische Neigung, um mein reines Herz zu erhalten. Er gibt mir Kraft für meine Gebete und Fürbitten. Unter seiner Aufsicht übe ich mich in den göttlichen Tugenden.«

Zögernd streckte ich die Hand aus, berührte ihren Arm. »Anna!«

»Der Engel weist mich zurecht bei allen Gedanken, die von Gottes allgegenwärtigen Wundern abweichen. Er gab mir Vertrauen in meine eigene Stärke und zeigte mir, wie ich aus meinem Glauben Kraft für das große Werk des Herrn gewinnen kann.«

»Anna, bitte!«

Noch immer waren ihre Augen glasig, ihre Stimme in völligen Gleichklang verfallen. »Ich lernte vom Schutzengel, mich dem Willen des Schöpfers zu unterwerfen, seine Ziele zu den meinen zu machen und andere an diesem Glück teilhaben zu lassen. Durch ihn …«

Ich sprang auf und packte sie an den Schultern. »*Anna!*«
Die Vögel erschraken und schlüpften durch den Fensterspalt ins Freie. Draußen wurden sie zu zwei flatternden Flecken inmitten Hunderter anderer, als eine Windhose trockenes Laub emporwirbelte. Die Blätter umschwirrten sie wie Blut saugende Schmetterlinge.

Anna bäumte sich auf. Ihre Lippen wurden grau, waren fest aufeinander gepresst. Ihre Pupillen rollten nach oben, bis die Augen gänzlich von geädertem Weiß ausgefüllt waren. Ihr Atem raste, und sie gab rasselnde Geräusche von sich. Schließlich vibrierte ihr ganzer Leib unter der Decke. Sie streckte die Beine, presste sie fest aneinander. Warf den Kopf in den Nacken, ballte die bandagierten Hände zu Fäusten, bis sich die Verbände dunkelrot färbten.

Panik packte mich. Ich erwog, ihre Schwester zu Hilfe zu rufen, doch ich ahnte, dass das einfältige Frauenzimmer ebenso hilflos war wie ich. Stattdessen versuchte ich mit aller Kraft, Annas Oberkörper zurück ins Bett zu pressen. Unfassbar, wie viel Kraft ihr geschwächter Leib mit einem Mal aufbrachte!

Immer ekstatischer wurden ihre Bewegungen. Immer lauter ihr Stöhnen und Keuchen. Krämpfe schüttelten ihren zerbrechlichen Körper, als würde sie von einer Macht in ihrem Inneren in Stücke gerissen. Vor meinen Augen brach die Haut ihrer Lippen auf, als grüben sich unsichtbare Zähne in das schutzlose Fleisch. Ein Blutrinnsal lief aus den Mundwinkeln an ihrem weißen Kinderhals hinab. Wogen der Pein wühlten ihren Körper auf. Tränen sprühten aus ihren Augen, ergossen sich über die ausgehöhlten Wangen.

Die Verbände an ihren Händen waren jetzt vollkommen

blutdurchtränkt. Ihre Rechte verschwand plötzlich unter dem Laken, zog eine rote Spur nach sich, als Anna sie hinab zum Unterleib schob, zwischen ihre Schenkel. Dort verharrte sie, schien sich den aufbäumenden Hüften entgegenzupressen, fügte sich dann in ihren Rhythmus.

Ich taumelte einen Schritt zurück vom Bett, überwand mich, stürzte abermals nach vorne. Mein Inneres war wie leer gefegt. Alle meine Versuche, Anna zu besänftigen, schienen zum Scheitern verurteilt. Die armlange Blutspur, schräg über das weiße Laken gezogen, glühte mir entgegen wie ein riesiger Schnitt, ein Säbelhieb aus dem Nirgendwo. Ich stürzte zur Tür, riss sie auf, schrie Gertruds Namen ins Treppenhaus. Sekunden später war sie da, eine Schürze wie ein Schlachter um den Bauch gebunden. Sie sah erst mich an, dann die aufgepeitschte Kranke in ihrem Bett. Grob schob sie mich mit beiden Händen zur Seite und trat dann an Annas Krippe. Sie holte aus und versetzte ihr zwei schallende Ohrfeigen. Auf jede Wange eine.

Anna bäumte sich ein letztes Mal auf, höher als zuvor. Ihr Mund klaffte ruckartig auf wie eine geplatzte Papiertüte. Kein Schrei kam über ihre Lippen. Stattdessen fiel sie still in sich zusammen und blieb verdreht inmitten des Bettzeugs liegen.

Gertrud zerrte an dem blutigen Laken, straffte es mit beiden Händen und hielt es mir vorwurfsvoll entgegen.

»Sehen Sie diese Sauerei?« Sie fuchtelte damit vor meinem Gesicht herum, als wollte sie mich mit dem Blut ihrer Schwester einseifen. »Sehen Sie sich nur diese gottverfluchte Sauerei an!«

7

Gertrud ging und nahm das schmutzige Laken mit, nur um bald darauf zurückzukehren und mir ein frisches in die Hand zu drücken. Anna trug immer noch das befleckte Nachthemd, auch ihre Verbände waren durchgeblutet. Als ich Gertrud darauf hinwies, hob sie nur die Schultern und meinte, Wesener würde sich schon darum kümmern. Dann ließ sie uns allein.

Nachdem sie gegangen war – merkwürdigerweise ohne den Vorfall mit einem weiteren Wort zu erwähnen oder sich für meine Verwicklung darin zu interessieren –, erkundigte ich mich bei Anna, wo sauberes Verbandszeug aufbewahrt wurde.

»Wesener bringt jeden Tag welches mit«, erklärte sie. »Er fürchtet, Gertrud könnte sonst damit Schindluder treiben.«

»Aber es muss hier doch irgendetwas geben, mit dem wir Ihre Wunden verbinden können«, sagte ich beharrlich.

»Machen Sie sich nichts daraus«, entgegnete sie kopfschüttelnd. »Es ist ja nur Blut.«

Wut stieg in mir auf, Wut auf den Doktor, aber auch auf den Rest dieser scheinheiligen Beschützerschar. »Ich werde jetzt gehen und Verbände besorgen. Es muss doch irgendwo in dieser Stadt ...«

»Nein.« Obwohl sie merklich geschwächt war, verriet ihr Tonfall, dass sie keinen Widerspruch duldete. »Lassen Sie nur. Das Blut stört mich nicht. Ob innen oder außen – was macht das schon für einen Unterschied?«

»Die Wunden könnten sich entzünden.«

»Meine Wunden entzünden sich nie. Nicht ein einziges Mal in all den Jahren.«

»Sie sind sehr unvernünftig.«

Der Schatten eines Lächelns erschien um ihre Mundwinkel. »Wesener wird froh sein, dass er etwas zu tun hat, wenn er herkommt. Er ist immer sehr verlegen.«

»Den Eindruck hatte ich aber gar nicht.«

»Glauben Sie mir, es ist so. Er weiß nicht recht, worüber er mit mir sprechen soll. Manchmal glaube ich, er fürchtet sich.«

»Vor Ihnen?«

»Vor den Wunden. Und vor dem, der sie mir zufügt.«

Ich betrachtete ihre blutigen Hände. Sie hatte sie achtlos auf das frische Laken gelegt; vielleicht die einzige Art von Rache, die sie sich gegenüber Gertrud gönnte. Ich war sicher, hätte ich sie darauf angesprochen, wäre sie über sich selbst erschrocken.

Noch etwas anderes war mir aufgefallen. »Ihre Verletzungen sind angeblich Stigmata, und doch nennen Sie sie selbst immer nur Wunden. Hat das einen Grund?«

Sie schwieg für eine Weile, bis ich schon fürchtete, meine Frage hätte sie verärgert. Dann aber blickte sie mich an, sah mir geradewegs in die Augen und sagte: »Stigmata sind Geschenke Gottes, gnadenvolle Gaben. Aber ich frage mich manchmal, ob meine Verletzungen nicht vielleicht etwas anderes sind.«

Also doch, dachte ich. Sie zweifelte selbst daran.

Und wieder schien sie sofort zu wissen, was in mir vorging. »Sie missverstehen mich! Ich *weiß*, dass Gott mir diese Wunden zufügt. Die Frage ist vielmehr, warum er es tut.« Sie senkte ihre Stimme. »Manchmal denke ich, es sind keine Geschenke. Keine Gnade für eine treue Dienerin.«

»Sondern?«

Ihr Blick wurde traurig. »Eine Bestrafung.«

»Wofür sollte Gott Sie bestrafen? Ich kenne niemanden, der ihm treuer ergeben ist als Sie.«

»Für das …« Sie zögerte, überlegte, begann dann von neuem. »Für das, was ich sehe. Wenn ich so bin wie vorhin.« Ihre Stimme klang jetzt stockend, und die Frage, ob sie wirklich mit mir darüber sprechen sollte, stand ihr deutlich ins Gesicht geschrieben.

Ich beugte mich vor und widerstand in letzter Sekunde dem Wunsch, eine ihrer Hände zu ergreifen. »Was ist es, das Sie sehen?«, fragte ich leise.

»Sie dürfen mit niemandem darüber reden. Versprechen Sie das.«

»Sie können sich auf mich verlassen.«

Sie seufzte schwach. »Ja, ich weiß.« Sie erklärte nicht, wie sie diese Worte meinte, doch ich ahnte, dass es etwas mit der Vision zu tun hatte, in der ich ihr erschienen war.

»Sehen Sie«, fuhr sie fort, und jetzt sprach sie fast im Flüsterton, begleitet von nervösen Blicken zur geschlossenen

Tür, »in meinen Visionen, so wie eben, erscheint mir die Jungfrau Maria.«

»Davon hat mein Bruder mir erzählt. Das ist einer der Gründe, weshalb die Leute aus dem ganzen Land hierher pilgern. Sie wollen die Frau kennen lernen, die der Mutter Gottes begegnet.«

»Wenn nur einer wüsste, *wie* ich ihr begegne.«

»Wie meinen Sie das?«

»Die Jungfrau Maria ... sie erscheint mir nicht als ...« Abermals verstummte sie, und ich wartete geduldig eine Weile, ehe ich fragte: »Nicht als was?«

»Nicht als Jungfrau.« Ein Beben ging durch ihren Körper, als hätten die Worte sie all ihrer Kraft beraubt. Erschöpft sank sie tiefer in ihre Kissen.

»Ich verstehe nicht ...«

Ihre Augen waren jetzt geschlossen, vielleicht, weil sie sich schämte. Vielleicht auch, weil sie Angst hatte. »Sie verstehen sehr gut, Pilger. Pater Limberg hat mir erzählt, dass Sie sich mit Frauen auskennen.« Sie unterdrückte meinen Widerspruch, indem sie kraftlos den Zeigefinger an ihre Lippen führen wollte; es gelang ihr nicht ganz, ihre Hand sackte zurück auf die Decke. »Maria ist eine schöne Frau. Haben Sie das gewusst?«

»Ich ...«

»Nein, natürlich nicht.« Sie klang eine Spur verächtlich, eine Regung, die ihr sonst völlig fremd zu sein schien. »Woher sollten Sie auch?«

»Meinen Sie mit ›schön‹ wie auf den Ikonen und Buchmalereien?«

»Nein.« Ich hatte geahnt, dass sie das sagen würde. »Ich

meine *wirklich* schön. Nicht die asketische Heilige, die von den Altären herablächelt, sondern die herrlichste Gestalt, die man sich vorstellen kann. Sie ist so schön wie keine andere. Und so ...« Sie verstummte, nur um einen Herzschlag später so leise wie ein Lufthauch hinzuzufügen: »... so zärtlich.«

Das Wort schien im Raum zu schweben wie eine weiße Daune, die sich erst nach einer Weile langsam, ganz langsam herabsenkte. Ich wünschte mir, Anna würde die Augen öffnen, damit ich hineinsehen konnte. Aber diesen Gefallen tat sie mir nicht.

»Ist Ihr Schutzengel während dieser Begegnungen anwesend?«, fragte ich ruhig.

»Ich kann ihn dabei nicht sehen«, flüsterte sie. Das Vertrauen, das sie mir schenkte, machte mich verlegen – und es erschreckte mich. »Wenn Sie den Engel nicht sehen können, bedeutet das, dass auch er Sie nicht sehen kann?«

»Ich glaube, er weiß alles. Er spricht nie davon. Aber er weiß es, ganz sicher.«

»Und wegen dieser Träume, verzeihen Sie, wegen dieser *Visionen* soll Gott Sie bestrafen?«

»Ich bin eine Sünderin.«

»Aber Sie können nichts dafür! Ihr Geist spielt Ihnen Streiche. Niemand kann darauf Einfluss nehmen.«

Anna blieb beharrlich. »Ich bin unrein.«

»Das sind Sie nicht!« Ich erforschte mein eigenes Empfinden und kam zu dem Schluss, dass ich eigentlich gar nicht wusste, was ich empfand. Verwirrung, Irritation. Und, gegen meinen Willen, eine ganz leichte Spur von Erregung.

»Ich habe es verdient, dafür zu leiden«, wisperte sie gedankenverloren.

»So ein Unsinn! Wir alle haben manchmal solche Vorstellungen.«

Sie riss die Augen auf, und darin stand Panik wie bei einem Fuchs, der seinen ausgeräucherten Bau durch die allerletzte Öffnung verlässt und seinem Jäger dabei geradewegs vor die Flinte läuft. »*Vorstellungen?* So nennen Sie das?« Sie lachte bitter auf. »Wenn Pater Limberg davon wüsste, hätte er sicher eine andere Bezeichnung dafür.«

»Pater Limberg!«, entfuhr es mir zornig. »Liebe Güte, was sind Sie ihm schon schuldig, dass Sie ihn derart fürchten müssen?«

Unverständnis lag in ihrem Blick. »Fürchten? Aber das tue ich gar nicht.«

»Natürlich fürchten Sie ihn! Sind Sie sicher, dass Sie ihm nie von Ihren Visionen erzählt haben? Vielleicht ist er derjenige, der es für nötig hält, Sie dafür zu bestrafen.«

»Ach, mein Pilger«, stieß sie seufzend aus, fast ein wenig erheitert. »Sie machen sich das alles sehr einfach.«

»Ich spreche nur aus, was ich sehe. Keinen rachsüchtigen Gott. Nur einen besessenen Priester, der es nicht verwinden kann, dass sein Schäfchen von einer Frau träumt.«

Sie wiegte langsam den Kopf von einer zur anderen Seite. Es sah aus wie ein fremdartiges Ritual. »Wenn ich es nicht besser wüsste, müsste ich jetzt bereuen, dass ich Ihnen je davon erzählt habe.«

»Sie können mir vertrauen, glauben Sie mir.« Noch während ich die Worte aussprach, wusste ich schon, dass Anna etwas ganz anderes gemeint hatte. Sie zweifelte nicht an meiner Verschwiegenheit, nur an meinem Verständnis. Das verletzte mich, aber es machte mich auch ein wenig offener für das, was sie sagte.

»Wissen Sie, dass Sie der erste Ungläubige sind, der diese Kammer je betreten hat? Sogar Gertrud glaubt an Gott.« Sie lächelte schmerzlich. »An Gott, aber nicht an mich.«

»Limberg hat schon bereut, dass er mir überhaupt die Erlaubnis gab, Sie zu besuchen«, sagte ich.

»Dann hätte ich nie erfahren, dass es Sie wirklich gibt.«

»Bisher war ich Ihnen keine große Hilfe.«

»Ich hätte nie einem anderen davon erzählen können. Sie alle kommen nur her, um mit mir zu beten und etwas über das Leben Marias zu hören. Die ganze Wahrheit will niemand wissen.«

»Weil diese Leute das, was Sie sagen, für die ganze Wahrheit halten.«

»Es ist ein Teil davon. Aber die Kehrseite kennt keiner außer Ihnen.«

»Sie sollten das nicht verurteilen.«

»Ich verurteile niemanden.«

»Nur sich selbst.«

Sie nickte schwach. »Vielleicht, ja. Aber damit muss ich leben.« Zitternd hob sie ihre Hand von der Decke, als wollte sie sie mir entgegenstrecken. Bevor ich sie ergreifen konnte, fiel sie kraftlos zurück aufs Bett. »Schauen Sie aus dem Fenster«, sagte sie. Ihre Stimme wurde immer schwächer und heiserer; wahrscheinlich hatte sie seit Monaten nicht mehr so viel gesprochen wie heute. »Können Sie den Kirchturm sehen?«

Ich blickte über sie hinweg durch die Staubschlieren auf der Scheibe. »Ja, ich sehe ihn.«

»Ich nicht. Nicht von hier aus. Ich höre nur seine Glocken.«

»Möchten Sie, dass ich Ihr Bett an die Seitenwand ziehe? Von dort aus müssten sie eine gute Aussicht haben.«

»Würden Sie das tun?«

»Warum nicht?«

Bevor sie es sich anders überlegen konnte, machte ich mich daran, die große Holztruhe zur Seite zu schieben. Ich hatte erwartet, sie würde schwer sein; tatsächlich aber war sie vollkommen leer, und es fiel mir leicht, sie zu bewegen.

Nachdem ich den nötigen Platz geschaffen hatte, trat ich zurück an Annas Korbkrippe. »Wird es Ihnen nicht wehtun, wenn ich Sie mitsamt dem Bett dort rüberziehe?«

»Machen Sie sich nichts daraus. Ich habe Schlimmeres ertragen.«

Vorsichtig, so behutsam wie möglich, zog ich die Krippe Stück für Stück zur anderen Wand hinüber. Dabei musste ich das Bett in einem Viertelkreis drehen, sodass das Kopfende zur Tür wies; nur so konnte Anna zum Fenster hinausschauen.

Sie war sehr tapfer. Ich sah ihr an, dass ihr die ruckenden Bewegungen Schmerzen bereiteten. Aber kein Wort der Klage, nicht einmal ein Stöhnen kam über ihre Lippen.

Schließlich zog ich die Truhe dorthin, wo das Bett gestanden hatte, unter das Fensterbrett. Zufrieden, aber auch ein wenig besorgt, betrachtete ich mein Werk.

Annas Gesicht strahlte vor Verzückung, trotz ihres Leidens. Ihr Blick war fest auf das spitze Dach des Kirchturms gerichtet, der sich hoch über den Dächern der Stadt erhob. »Er ist wunderschön«, flüsterte sie benommen.

Es war ein gewöhnlicher Kirchturm, fand ich, doch im selben Augenblick da sie die Worte aussprach, erschien er auch mir einen Moment lang prachtvoller und herrlicher als jeder andere. Dieses Gefühl verwirrte mich, mehr noch die Feststellung, dass Annas Begeisterung so vorbehaltlos auf mich abfärbte.

Nach einer Weile fand ihr Blick zurück zu mir. »Doktor Wesener wird gleich hier sein«, sagte sie. »Es ist besser, wenn Sie gehen.«

»Möchten Sie, dass ich wiederkomme?«

»Bitte«, sagte sie und klang mit einem Mal sehr müde, »bitte gehen Sie jetzt.«

8

Auf dem Rückweg zum Marktplatz nahm ich die falsche Abzweigung und verirrte mich im Gewirr einiger Gassen.

Mit einem Mal befand ich mich auf einem kleinen, von hohen Fassaden umschlossenen Platz. Das braune Herbstlaub reichte mir hier fast bis zu den Knien. An manchen Stellen vor den Mauern der Häuser hatten sich mächtige Verwerfungen gebildet, brusthohe Laubwälle. Zwischen ihnen kam ich mir vor wie in einem Schützengraben. Mit jedem Schritt, den ich machte, zerstoben Dutzende Blätter unter meinen Stiefeln, und ein scharfer Wind blies die winzigen Fetzen davon.

Ich erwog, an einer Tür zu klopfen und mich nach dem Weg zum Gasthof am Markt zu erkundigen, doch alle Eingänge waren hinter den Blätterwällen verschwunden. Nur hier und da ragte der obere Rand eines Türrahmens hinter den Laubkuppen hervor, sinkende Schiffe, für die es keine Rettung zu geben schien. Ich rief: »He, hört mich jemand?«, doch die Häuser waren allesamt wie ausgestorben.

Es war früh am Nachmittag, doch das ferne Viereck des Himmels, weit, weit über mir, schien düsterer als noch vor wenigen Minuten, als ich Annas Haus verlassen hatte. Die Luft war drückend, ungemein schwül und warm, aber vielleicht kam mir das auch nur so vor, weil ich allmählich ein wenig unruhig wurde.

Als ich mich umwandte, um das Karree auf demselben Weg zu verlassen, auf dem ich hereingekommen war, sah ich den Einschnitt zwischen den Häusern nicht mehr. Der Platz hatte nur einen einzigen Zugang gehabt, und der war plötzlich unauffindbar. Mehrmals drehte ich mich im Kreis, suchte erst verwundert, dann immer aufgebrachter nach einem Ausweg. Die Schatten der Fassaden waren bodenlos geworden, der dunkelblaue Himmel viel zu weit entfernt, um mit seiner Weite die bedrückende Enge dieses Ortes aufzuheben.

Noch einmal rief ich, und abermals erhielt ich keine Antwort. Der Häuserring konnte sich doch nicht einfach geschlossen haben! Es musste das Laub sein, dieses verfluchte Laub und die Schatten, die mich mit ihrem Gaukelspiel narrten.

Blindlings stolperte ich durch das Blättermeer, in jene Richtung, in der ich den Ausgang vermutete. Erst mit den Füßen, dann auch mit Händen und Armen grub ich eine Schneise in einen der Laubwälle. Die Blätter waren federleicht, aber so trocken, dass sie ständig umherwirbelten, dorthin zurück, wo ich sie gerade erst fortgeschaufelt hatte. Es war, als beseelte sie ein eigener Wille, der sich gegen mich gewandt hatte. Schwitzend, fluchend und immer verzweifelter schlug ich meine Schlacht gegen das schreckliche Laub, grub und trat und scharrte, und als es mir schließlich gelang, eine tiefe Kerbe in den losen Wall zu treiben, fand ich an ihrem Ende nichts als hartes Mauerwerk. Keine Gasse, kein Spalt. Nichts. Dabei hätte ich schwören können, dass ...

Nein, keine Zeit zum Grübeln. Weitergraben, an einer anderen Stelle. Dem Laub keinen Sieg gönnen. Ihm zeigen, dass es nichts ist als totes Blattwerk. Unbeseelte, abgestorbene Natur.

Ich teilte den Wall einige Schritte weiter links, wo mir die Dunkelheit über seiner Kuppe einen Ausgang verhieß. Ebenso gut aber mochte es der Schatten sein, der an den Mauern emporkroch wie etwas Flüssiges, Lebendiges gar, das sich in gewaltigen Schüben aus den Blättern löste und über Gestein und Fenster ergoss. Ich hatte plötzlich Angst, dass es die Dächer erreichen und von dort aus auf das Himmelsviereck überspringen könnte, eine gigantische schwarze Blase, die mich in sich aufnahm und verschluckte.

So grub ich weiter, schneller, von Panik getrieben. Tief stießen meine Hände in die Blätterflut, schaufelten alles, was sie fanden, achtlos zur Seite, während mich das aufstiebende Laub umwogte wie eine düstere Wolke. Mehrfach musste ich innehalten, gepeinigt von heftigen Hustenkrämpfen, wenn mir einige der winzigen Blätterstückchen in den Hals gerieten.

Auf halbem Wege zur anderen Seite des Walls stießen meine Finger inmitten der Blätter auf etwas, das sich anders anfühlte. Seidiger, faseriger. Vorsichtig geworden, schob ich die oberen Schichten fort, um zu sehen, was es dort unten zu entdecken gab.

Es war Haar. Dunkelbraunes, langes, menschliches Haar, das zwischen den Blättern hervorschaute, vom Zufall angeordnet wie ein Strudel, die Strähnen wie Spiralarme, die locker ineinander griffen. Jeden Moment drohten sie vom Laub verschluckt zu werden, als wäre dort unten etwas, das sie tiefer hinabzog, hinab in einen Abgrund unterhalb des Pflasters.

Mein Herz schlug schnell, viel zu schnell. Mein Atem raste. Mit bebenden Händen schob ich das Laub rund um die Haarsträhnen auseinander. Ein Hinterkopf kam zum Vorschein, reglos, leblos. Ich grub weiter, hastiger, trotz meines Entsetzens und der Vorahnung dessen, was ich in den Tiefen finden mochte. Das verrottende Laub der unteren Schichten verströmte einen Geruch, der mir früher herrlich und wundersam erschienen war. Jetzt aber war er mir zuwider, erfüllte mich mit tiefstem Ekel.

Ein Körper kam zum Vorschein, in Lumpen gehüllt. Ungemein klein. Kleiner noch als ein Kind. Unecht. Doch das befreiende Lachen, das in mir aufstieg, wollte mir nicht über die Lippen kommen. Kraftlos sank ich zurück ins Laub.

Eine Puppe! Nur eine Puppe mit Menschenhaar! Unter den Lumpen ertastete ich steife Arme und Beine aus Holz, einen kartoffelförmigen Leib. Der Kopf war mit Stoff bespannt, das Gesicht aus bunten Fäden gestickt. Es lächelte nicht wie die Gesichter anderer Puppen. Der Mund war ein schmaler, waagerechter Strich, der von Haaransatz zu Haaransatz reichte, quer über die Vorderseite des Stoffschädels. Die Augen bestanden aus kleinen schwarzen Knöpfen. Bei ihrem Anblick beschlich mich der irre Verdacht, Schattenperlen wären von den Mauern herabgetropft.

Das hässliche Ding war kaum länger als mein Unterarm. Das menschliche Haar, das man darin verarbeitet hatte, reichte bis hinab zu den klobigen Füßen. Der ganze Leib ließ sich damit umhüllen, bis nur noch die schwarzen Augen zwischen den Strähnen hervorglitzerten.

Vielleicht hätte ich den haarigen Kobold zurück ins Laub werfen, ihn gleich wieder vergraben sollen. Stattdessen aber stand ich da, hielt ihn mit ausgestreckten Armen und betrachtete ihn eingehend. Wunderte mich über den grausam schlichten Zug seines Mundes.

Eine Bewegung, hinter mir … Ich bemerkte sie aus dem Augenwinkel, ganz am Rande meines Blickfelds. Ich fuhr herum. Da war eine Gestalt, nur ein schlanker Schemen in einem langen finsteren Gewand. Dieselbe Frau, die ich bereits kurz nach meiner Ankunft bemerkt hatte. Auch jetzt folgte ihr ein Schweif aus vertrockneten Blättern. So schnell verschwand sie zwischen den Laubwällen, dass ich keine Einzelheiten erkennen konnte. Als ich loslief, um ihr zu folgen, war sie schon fort, aufgelöst im Dunkel einer Gassenmündung. Der Einschnitt, den ich so verzweifelt gesucht hatte! Wie hatte ich ihn nur übersehen können?

Erleichtert, aber auch verwundert über die geisterhafte Erscheinung verließ ich den ausgestorbenen Platz. Bald erkannte ich bestimmte Wege und Häuserecken wieder, die ich auf dem Hinweg passiert hatte, und wenig später stand ich wieder auf einer breiten Straße, von der ich wusste, dass sie zum Marktplatz führte.

Als ich an mir herabblickte, um Blätter und Staub von meiner Kleidung zu klopfen, wurde mir bewusst, dass ich in einer Hand immer noch die Puppe trug. Sie hing kopfüber nach unten. Ihr langes Haar berührte fast den Boden.

9

Im Gasthof, in meiner Kammer, im Bett. Ein Traum.

Ich hörte ein kleines Mädchen weinen, das ich nicht sehen konnte. Sein Weinen war in meinem Kopf gefangen, versuchte, durch meine Ohren ins Freie zu gelangen. Das Schluchzen und Seufzen und Jammern erfüllte mich mit Mitleid, steckte mich an mit seiner Trauer.

Da war kein anderer Laut, nicht der geringste, obwohl ich jetzt vorwärts ging, inmitten eines Sturmes aus Blättern, die mich von allen Seiten umflatterten. Ich konnte kaum drei Schritte weit sehen, so dicht war der wirbelnde Reigen des Laubes. Dabei blieb ich selbst vom Wind völlig unberührt, ich spürte keinen Luftzug, nicht einmal einen Hauch.

Vor mir, jenseits all des Schwirrens und Strudelns, erkannte ich eine Silhouette. Eine Frau mit schwarzem Überwurf, mit langem dunklem Haar. Sie hatte mir den Rücken zugewandt. Ihr Gewand erbebte im Wind, der Saum tanzte in schwarzen Wellen über den Boden.

Gefangen in meinem Traum überkam mich das Verlangen, ihr Gesicht zu sehen, aber auch, sie zu berühren. Langsam, noch zögernd streckte ich meine Hand nach ihr aus, obwohl uns noch mehrere Schritte trennten. Meine Finger fuhren durch den Sturm, Blätter streiften meine Haut, kitzelten, reizten, neckten sie. Die Härchen auf meinen Armen stellten sich auf, ein Kribbeln tanzte über die Oberflächen meiner Glieder. Mir war mit einem Mal schwindelig. Bald würde ich nach ihr greifen können, sie an der Schulter fassen, oder, besser noch, ihr Haar berühren. Meine Fingerspitzen näherten sich ihr stetig mit jedem Schritt, zitternd. Noch bevor ich endlich nach ihr tasten konnte, war es, als stieße meine Hand durch die Oberfläche einer heißen Quelle, nicht schmerzhaft, nur ungemein warm und wohlig; es fühlte sich an, als perlten winzige Luftbläschen an meiner Haut auf und ab.

Nur ein Schritt noch, dann war ich nahe genug. Sanft streichelte ich über den langen Schleier ihrer Haare. Sie schmiegten sich an meine Finger, dann an die Handfläche, als wollten sie sich mir entgegenwellen, begierig nach der Berührung, nach dem Betastet-, dem Erkundetwerden. Der Saum des schwarzen Überwurfs streifte meine Beine, schien sie zu umschlingen, sie festzuhalten.

Ein zarter Geruch strömte mir entgegen, sehr körperlich, sehr anregend. Noch immer sah ich kein Gesicht. Unmerklich legte sie den Kopf ein wenig zurück in den Nacken, eine Einladung, weiter durch ihr Haar zu streichen, die langen braunen Bahnen zu liebkosen. Ich hob eine breite Strähne empor, führte sie an die Lippen, küsste sie. Der Geruch wurde stärker, umschmeichelte meine Sinne. Ich fuhr mit beiden Händen in ihr Haar, schöpfte daraus wie aus einem heißen Strom, berührte damit meine Wangen, so weich, dass ich es kaum spürte. Allein das Wissen um ihre Nähe brachte mich fast um den Verstand.

Die Blätter tobten in rasenden Kreisen um uns her, als stünden wir im Herzen eines Wirbelsturms. Und doch war immer noch alles, was ich hörte, das Weinen des kleinen Mädchens. Ich hörte keinen Atem, nicht den der Unbekannten, nicht meinen eigenen, auch nicht das rasende Hämmern meines Herzens. Nur das leise, verzweifelte Klagen eines Kindes.

Zaghaft wanderten meine Hände vom Haar der Frau über ihre Schultern, seitlich abwärts, die schlanken Oberarme hinab, die ebenso mit dem leichten Gewand verhangen waren wie der Rest ihres Leibes. Sie lehnte sich jetzt zurück, ganz sachte gegen mich, presste ihren Hinterkopf an meine Schulter, an meine Wange. Ihr Haar verschleierte immer noch jeden Blick in ihr Gesicht, und ich wagte nicht, sie umzudrehen, ihr in die Augen zu schauen. Wagte es nicht, weil ich nicht wusste, was mich erwartete, *wer* mich erwartete. Dies war noch nicht der rechte Zeitpunkt, nicht jetzt, vielleicht gleich, vielleicht später.

Meine Finger erreichten ihre Ellbogen, tasteten weiter hinab, wollten ihre Hände unter dem Überwurf umfassen. Ich konnte sie unter dem Stoff fühlen, ihre Handrücken, dann die zarten, langen Finger. Doch als ich den Saum heben, ihn beiseite schlagen wollte, schüttelte sie meine Hände ab, nicht wütend, nicht energisch, eher mit schelmischer Leichtigkeit. Einen Moment lang wagte ich nicht, einen zweiten Versuch zu machen, doch dann wurde mir bewusst, wie eng sich ihr Rücken und ihre Schenkel an meinen Körper schmiegten. Sie wies mich nicht ab, sondern spielte nur mit mir.

Kein Laut, nur das Weinen des Mädchens. So unsagbar traurig, so leidend.

Meine Hände umfassten erneut ihre Unterarme, ein wenig fester, drängender diesmal. Sie ließ mich gewähren und rieb ihr Haar zärtlich an meinem Gesicht. Ihre Arme waren dünn, beinahe filigran. Ich ließ meine Hände tiefer gleiten, streichelte ihre Finger durch den feinen Stoff, wartete ab, was sie tun würde. Sie drehte ihre Hände, umfasste die meinen, obwohl uns immer noch der Umhang trennte. Selbst durch das Gewebe hindurch fühlte ich die Wärme ihrer Haut. Sie hob meine Hände, führte sie an ihre Hüften, schob sie dann an ihrem flachen Bauch empor. Ich fragte mich, ob sie meinen schnellen Atem hören konnte, auch wenn ich selbst es nicht vermochte; ganz sicher spürte sie an ihrem Rücken, wie hastig sich meine Brust hob und senkte.

Manchmal schien es mir, als zöge sich der Tunnel der wirbelnden Blätter um uns herum zusammen, um dann wieder auseinander zu schnellen. Die unsichtbaren Ströme, die das Laub trugen, pulsierten in einem eiligen Rhythmus. Die Frau achtete nicht darauf, und ich brauchte einen Augenblick, ehe ich begriff, dass der Rhythmus der Blätter dem ihres Atems entsprach. Ich fühlte jetzt das Auf- und Abschwellen ihres Brustkorbs, fühlte es durch die sanften Rundungen ihres Fleisches, an das sie meine Hände presste.

Der Duft ihres Haars war überwältigend, die Nähe ihres Körpers betäubend. Sie muss gewusst haben, wie schwach ich in diesem Augenblick war, denn plötzlich machte sie einen Schritt nach vorne und löste sich von mir. Sie ließ meine Hände los, und ehe ich nach ihr greifen konnte, war sie bereits außerhalb meiner Reichweite. Ihr Umhang peitschte unter einem besonders heftigen Windstoß auf und nieder, schien sie blitzschnell von mir fortzutreiben wie der Flossenschlag einer Meerjungfrau. Der Blättersturm verlor seinen Rhythmus, raste jetzt in engen Kreisen um mich herum, drang auf mich ein, als wollte er mich in Fesseln legen. Ich verlor die Fremde aus den Augen, sah nur noch braune Schlieren, so schnell und zugleich lautlos rotierten die Winde um mich herum.

Das Weinen des kleinen Mädchens durchdrang auch jetzt noch die Stille. Töne und Bilder widersprachen sich, passten nicht zueinander. Meine Erregung wich auf einen Schlag, und mit ihr die Bereitschaft, noch länger an diesem Ort zu bleiben.

Ich dachte mir: Wach auf! Und so geschah es.

10

Ich frühstückte Brot und Käse und eine scharf gewürzte Rindswurst, als der Wirt an meinen Tisch trat und sagte: »Draußen vor der Tür wartet jemand auf Sie.«

»Wer ist es?«, fragte ich, nicht sonderlich erstaunt, erwartete ich doch nach meinem unerlaubten Besuch bei Anna eine weitere Konfrontation mit Pater Limberg.

Umso überraschter war ich, als der Wirt sich herabbeugte und flüsterte: »Der Abbé Lambert. Er sagt, er wolle auf Sie warten und Sie nicht beim Frühstück stören, aber ich dachte mir, dass Sie es vielleicht doch schon erfahren sollten. Der Abbé ist alt und nicht mehr allzu gut auf den Beinen, und es ziemt sich nicht, ihn so lange im Freien stehen zu lassen.«

»Natürlich nicht.« Eilig trank ich meinen Becher aus, tupfte mir den Mund mit der Serviette ab und eilte zur Tür. Eine Hand voll Laub trudelte herein, als ich sie öffnete.

Eine Treppe führte seitlich an der Hauswand hinab aufs Pflaster, ein gutes Dutzend Stufen tief. Abbé Lambert stand an ihrem Fuß und betrachtete in Gedanken versunken den verlassenen Marktplatz. Einen Augenblick lang durchzuckte mich die Vorstellung von Männern und Frauen, die verzweifelt von innen gegen ihre Haustüren schlugen, während an den Außenseiten die Laubwälle höher und höher wuchsen und alle Ausgänge versperrten.

»Abbé Lambert?«, fragte ich und stieg die Stufen hinab.

Er schaute auf, ein uralter Mann mit dünnem schlohweißem Haar, das der Herbstwind in langen Strähnen um seinen Schädel trieb. Aus irgendwelchen Gründen hatte ich erwartet, dass er dick sein würde, dabei war das genaue Gegenteil der Fall: Sein spindeldürrer Leib wirkte selbst unter seiner hellgrauen Mönchskutte so zerbrechlich, dass ich fürchtete, ich könnte ihn verletzen, wenn ich nur seine Hand schüttelte. Von meinem Bruder wusste ich, dass der Abbé aus Frankreich stammte. Als er sprach, tat er es mit einem klangvollen Akzent, der seiner heiseren Stimme erheblichen Charme verlieh.

»Sie müssen Herr Brentano sein«, sagte er und lächelte höflich. »Ich freue mich, Sie endlich kennen zu lernen. Ich habe schon einiges über Sie gehört.«

Ich erreichte das Ende der Treppe und streckte ihm die Hand entgegen, unsicher, ob er einschlagen würde. Tatsächlich ergriff er sie und schüttelte sie kraftlos. Er musste weit über siebzig sein, schätzte ich, vielleicht sogar noch älter. Sein Rücken war leicht gebeugt, und er stützte sich auf einen Gehstock. Unter dem Saum seiner Kutte schauten formlose, ausgetretene Schuhe hervor.

»Ich hoffe, das, was Sie gehört haben, stammt nicht nur aus dem Munde Pater Limbergs«, sagte ich mit schmerzlichem Lächeln.

Er lachte leise, ein knarrender Laut, wie die Angeln einer uralten Tür. »Doktor Wesener war auch nicht allzu zurückhaltend. Aber seien Sie unbesorgt. Ich bin es gewohnt, mir mein eigenes Urteil bilden zu müssen.«

Nur unwesentlich erleichtert, deutete ich eine Verbeugung an und sagte dann: »Ich hätte Sie heute ohnehin aufgesucht. Mein Bruder Christian hat viel Gutes über Sie erzählt.«

»Passen Sie auf«, erwiderte er lachend, »ich bin immer noch eitel genug, um mir Komplimente zu Kopf steigen zu lassen.«

»Was führt Sie zu mir?«, fragte ich. »Noch dazu so früh am Morgen.«

»Ich wollte Sie nicht stören.«

»Das haben Sie nicht.«

»Alte Menschen sind früh auf den Beinen. Nicht allzu standfest, fürchte ich, aber immerhin früh.« Er kicherte vergnügt. »Und mein erster Weg am Morgen führt mich stets zu Anna.«

Mir fiel gleich auf, dass er der einzige ihrer drei Beschützer war, der sie nur beim Vornamen nannte. Wesener sagte Fräulein Emmerick, und Limberg nannte sie beharrlich Schwester Anna. Ein weiterer Grund, fand ich, den Abbé zu mögen.

»Ich war gerade bei ihr«, fuhr er fort. »Sie hat mich gebeten, Ihnen eine Botschaft zu überbringen.«

Sie hat es sich überlegt, dachte ich enttäuscht. Ihr ist klar geworden, dass sie einen Fehler gemacht hat, als sie mir ihr Geheimnis offenbarte. Sie wird mich fortschicken.

Der Abbé deutete mit seinem Stock über den Marktplatz. »Lassen Sie uns ein paar Schritte gehen, während wir uns unterhalten. Langsame Schritte, wenn möglich.«

Ich bot ihm meinen Arm an, damit er sich einhaken konnte, doch er schüttelte energisch den Kopf. »Ich mag alt sein, aber ich bin noch kein Tattergreis.« Er fuchtelte mit seinem Stock. »Also bitte, junger Mann, gehen wir.«

Langsam machten wir uns daran, den Platz zu umrunden, nicht ganz am Rand, weil dort das Laub zu hoch lag.

»Verfluchte Blätter«, schimpfte der Abbé ganz und gar ungeistlich. »Das geht jetzt schon seit Tagen, ach was, seit Wochen so!« Er stieß einen tiefen Seufzer aus. »Irgendwann wird nur noch der Wetterhahn auf dem Kirchturm aus diesem Unrat hervorschauen.«

Ich lächelte höflich. »Wie geht es Anna heute?«

»So, wie es ihr immer geht. Sie überspielt ihre Schmerzen. Es ist traurig, wirklich traurig.«

»Hat sie jemals ein anderer Arzt als Doktor Wesener untersucht?«

»Dutzende. Keiner konnte ihr Leiden lindern.«

»Ich habe den Eindruck, dass manch einem hier auch gar nicht an einer solchen Linderung gelegen ist.«

»Ach, wissen Sie, Pater Limberg ist ein guter Mann, wirklich. Manchmal mögen ihn seine hehren Ziele ein wenig über die Stränge schlagen lassen, doch das ändert nichts an seiner braven Gesinnung.«

Ich hob die Schultern. »Sie kennen ihn natürlich besser als ich.«

»Oh, er schätzt mich nicht besonders.« Das klang nicht, als würde ihm Limbergs Abneigung großes Kopfzerbrechen bereiten.

Ich war zu höflich, mich nach den Gründen zu erkundigen, obwohl mir die Frage danach auf der Zunge brannte.

Stattdessen sagte ich: »Umso großzügiger, dass Sie ihn in Schutz nehmen.«

»Wir haben das gleiche Ziel. Annas Wohlergehen ist wichtiger als ein paar persönliche Querelen.«

»Wann haben Sie sie zum ersten Mal getroffen?«

»Wollen Sie wirklich die ganze Vorgeschichte hören?«

»Ich bitte darum.«

Mit der Metallspitze seines Stocks spießte er ein halbes Dutzend Blätter auf und lachte triumphierend. »Mich bekommt ihr nicht!«, sagte er und spie ins Laub. Dann wandte er sich wieder an mich. »Ich bin ein geschwätziger alter Kerl, Sie werden Ihre Bitte noch bereuen. Sehen Sie, ich war früher Vikar in Demuin und damit der Diözese Amiens unterstellt. Ich hätte nie daran gedacht, meine Heimat zu verlassen und an diesen Ort zu gehen – weder hierher noch sonst wohin. Ich mag Frankreich, wissen Sie? Zumindest mochte ich es, bis diese Hitzköpfe in Paris ihre Revolution ausriefen. Sie verlangten von mir, dass ich ihren Konstitutionseid unterzeichne. Ich habe mich geweigert, und da wollten sie mir ans Leder, wie man hier sagt. Wie viele meiner Brüder musste ich ins Ausland fliehen und kam schließlich nach Münster. Der Generalvikar Fürstenberg machte mich zum Beichtvater des Herzogs von Croy, hier in Dülmen. Zugleich wurde ich Messpriester des Klosters Agnetenberg, dem Haus der Augustinerinnen. Langweile ich Sie schon?«

»Ich bitte Sie! Fahren Sie nur fort.«

»Anna half zuweilen in der Sakristei aus. Sie war sehr scheu, völlig in sich gekehrt. Eines Tages fragte ich sie, weshalb sie so verstört sei, und plötzlich war es, als hätte sie all die Wochen nur auf diese Frage gewartet. Sie schüttete mir ihr Herz aus, erzählte mir von ihren Krankheiten – ihrem schweren Hüftleiden und den gelähmten Mittelfingern –, von den Schmerzen, die sie erlitt, wenn sie für die Sünden anderer betete, und von ihren Ekstasen und Visionen. Ich hatte nichts von all dem geahnt, und erst dachte ich das Gleiche wie jeder, der ihr zum ersten Mal gegenübersteht: Auch ich war überzeugt, dass sie übertrieb. Doch schließlich begriff ich, was sie durchmachte, und erfuhr, dass sie unter dem Neid und dem Unverständnis der übrigen Schwestern im Kloster sehr zu leiden hatte. Viele nahmen sie nicht ernst, und jene, die es taten, verhielten sich ihr gegenüber niederträchtig, als neideten sie ihr Gottes Zuneigung.« Er schüttelte bedauernd den Kopf. »Es war wirklich eine tragische Geschichte. Wenn sie am Morgen vor Schmerzen nicht aus dem Bett kam, ließen die anderen sie liegen, ohne sich um sie zu kümmern. Ich erkannte damals, dass Gott mir in Gestalt dieses jungen Mädchens eine Aufgabe stellte. Fortan sorgte ich für sie, brachte ihr Wasser und die wenige Nahrung, die sie zu sich nahm, verabreichte ihr die heilige Kommunion und nahm ihre Beichte entgegen.«

Wir hatten jetzt den halben Marktplatz umrundet, und noch immer ließ sich niemand in den angrenzenden Gassen blicken. Die Händler, die im Morgengrauen ihre Stände aufgeschlagen hatten, begannen bereits wieder, ihre Waren zusammenzupacken. Das Laub, das sich in den wenigen Stunden rund um ihre Tische und Karren abgelagert hatte, erschwerte ihnen die Arbeit. Einige fluchten erbärmlich.

»Im Herbst 1811«, fuhr der Abbé fort, »wurde das Kloster Agnetenberg geschlossen. Die Nonnen gingen fort, doch ich erwirkte die Erlaubnis, Anna den Winter über im

Kloster wohnen zu lassen. Nur eine alte Magd und ich harrten mit ihr in dem verlassenen Gemäuer aus, wir pflegten sie und saßen an ihrem Bett, wenn die Ekstasen sie überkamen. Im folgenden Frühjahr aber mussten auch wir das Kloster verlassen. Anna zog mit mir in ein Quartier ganz in der Nähe. Sie bestand darauf, mir bei häuslichen Dingen zur Hand zu gehen, aber schon damals zeichnete sich ab, dass sie bald schon für immer das Bett würde hüten müssen. Sie wurde von Tag zu Tag schwächer, die Schmerzen beim Gehen unerträglicher, und ihre Visionen – nun, Sie haben ja eine erlebt, Herr Brentano.«

Gertrud oder Anna selbst musste ihm davon erzählt haben. Ob er auch ahnte, *was* Anna während ihrer Visionen sah? Falls er mehr darüber wusste, verriet er es durch keine Regung. »Im Sommer 1812 traten ihre Stigmatisationen wieder auf. Bis dahin war da nur der Wundenkranz um ihren Kopf gewesen – Sie wissen schon, von der Dornenkrone –, er war bereits während ihrer Kindheit aufgetreten. Jetzt aber begann es von neuem, zuerst mit einem der Kreuzzeichen auf ihrer Brust. Bis zum Winter kamen zwei weitere hinzu. Kurz nach Weihnachten erschien ihr eine Vision des gekreuzigten Heilands, und als sie wieder zu sich kam, klafften Wunden, wie von Nägeln geschlagen, in ihren Händen und Füßen, außerdem der Lanzenstich in ihrer Seite. Danach machte sie nur noch einen einzigen Versuch, ihr Bett zu verlassen, und das war im Februar 1813, vor über fünf Jahren, als ich das Zimmer im Haus des Bäckers für sie anmietete. Wir alle fürchteten schon, sie würde den Umzug nicht bewältigen können, und doch gelang es ihr, wenn auch unter Qualen.«

»Mein Bruder sagte, dass Sie derjenige sind, der sämtliche Rechnungen begleicht.«

»Wir wollen doch nicht über Geld reden, mein junger Freund.«

»Aber Sie sind derjenige, der am längsten für Anna sorgt, der ihr Zimmer bezahlt und sie am besten kennt. Und doch ist Pater Limberg ihr Beichtvater, und nicht Sie.«

Wir kamen zurück an die Treppe des Gasthofs und blieben stehen. Der Abbé scharrte mit seinem Stock im Laub. Er schaute mich nicht an, als er sagte: »Ich könnte nicht unvoreingenommen sein. Dazu stehe ich ihr zu nahe.«

Er liebt sie, dachte ich, eine Spur erschrocken. Dieser alte, herzensgute Mann liebte Anna auf eine Weise, die weit über christliche Nächstenliebe hinausging. Limberg musste das erkannt haben, deshalb seine Ablehnung gegenüber dem Abbé. Dem glaubensstrengen Pater musste die Zuneigung des greisen Franzosen zu einer Tochter Gottes als verdammenswerte Blasphemie erscheinen.

Eine Weile herrschte Stille, in der keiner von uns etwas zu sagen wusste. Wahrscheinlich bedauerte der Abbé gerade seine offenherzige Plauderei.

Ich reichte ihm zum Abschied die Hand und stieg die Treppe zum Eingang hinauf, als mir plötzlich ein Gedanke kam. Ich drehte mich um und rief: »Waren Sie nicht gekommen, um mir eine Nachricht von Anna zu bringen?«

»Aber ja doch«, entfuhr es ihm, sichtlich erleichtert, dass ich ihn aus seinen Grübeleien riss. »Sie bittet Sie, am späten Nachmittag zu ihr zu kommen.«

Ich nickte ihm zu, bedankte mich und trat nachdenklich ins Innere des Gasthofs. Ich hatte den leeren Schankraum noch nicht zur Hälfte durchquert, als mir einfiel, dass Anna erwähnt hatte, Wesener und Limberg kämen jeden Nachmittag zu ihr. Nach einer Begegnung mit diesen beiden aber stand mir nun wirklich nicht der Sinn, und Anna musste das wissen. Eilig lief ich zurück zur Tür, um den Abbé zu fragen, ob sie vielleicht noch etwas anderes gesagt hatte.

Der alte Mann überquerte gerade den Marktplatz und hatte mir den Rücken zugewandt. Zwei Männer gingen an seiner Seite: Limberg und Wesener. Keiner der drei sprach ein Wort.

Gerade wollte ich mich zurückziehen, als Limberg über die Schulter schaute und mich entdeckte. Sekundenlang kreuzten sich unsere Blicke. Dann wandte er sich ruckartig um und folgte den beiden anderen in eine Gassenmündung.

Als ich wenig später in mein Zimmer kam und zum Fenster hinaus auf den Marktplatz blickte, sah ich, dass die drei immer noch am Beginn der Gasse standen, schweigend, ausdruckslos und wieder zurück zum Markt gewandt. Der Abbé stand still in ihrer Mitte, krumm auf seinen Stock gestützt. Ihre Blicke tasteten über die Fassade des Gasthofs, geduldig und suchend, von Fenster zu Fenster.

Ich trat zur Seite, bevor sie mich entdecken konnten.

11

Gertrud war noch abweisender als bei meinem ersten Besuch mit Wesener. Vielleicht war sie enttäuscht, dass ich keine Blumen mitbrachte. Sie verschwand, kaum dass sie mich eingelassen hatte.

Allein stieg ich die Wendeltreppe zu Annas Zimmer hinauf. Sie musste meine Schritte auf den Stufen gehört haben, denn noch bevor ich anklopfen konnte, bat sie mich herein.

Ihr Bett stand wieder unter dem Fenster, die Kleidertruhe an ihrem alten Platz an der Wand.

»Wer ...«

»Wesener hat darauf bestanden«, sagte sie. »Er meint, das Tageslicht täte mir gut.«

»Aber an der anderen Wand ist es genauso hell«, widersprach ich erbost. »Dorthin scheint sogar die Sonne!«

Sie verzog traurig das Gesicht. »Er sagt, die Sonneneinstrahlung sei schädlich für mich. Licht, ja – Sonne, nein!«

»Reine Schikane!«

»Ach, Sie!«, rief sie aus und lachte plötzlich. »Überall sehen Sie Schurken.«

Ich unterdrückte meine Wut auf den Doktor, und obgleich ich sicher war, dass in Wahrheit Pater Limberg dahintersteckte, verlor ich kein weiteres Wort über die Angelegenheit.

»Haben Sie letzte Nacht gut geschlafen?«, fragte ich.

»Das klingt, als hätten *Sie* es nicht getan.«

»Ich habe geträumt. Nichts Besonderes.«

»Sind Sie da ganz sicher?« Sie schaute mich eindringlich an, und plötzlich schämte ich mich der Erinnerung an meinen Traum. Ich wechselte schnell das Thema.

»Wo sind Pater Limberg und der Doktor?«, fragte ich. »Sagten Sie nicht, sie kämen jeden Nachmittag hierher?«

Ihre Mundwinkel zuckten amüsiert. »Ich habe ihnen gesagt, dass ich heute keine Zeit für sie habe.«

»Oh«, entfuhr es mir erstaunt, »das erklärt allerdings einiges.«

»Wie meinen Sie das?«

In wenigen Sätzen erzählte ich ihr vom Besuch des Abbé, von unserer angenehmen Unterhaltung, aber auch davon, dass ich Wesener und den Pater mit ihm gesehen hatte. »Limberg war nicht allzu gut auf mich zu sprechen, fürchte ich.«

»Es war das allererste Mal, dass ich ihn gebeten habe, nicht zu kommen.«

»Das muss für den Guten ein arger Schlag gewesen sein.«

Sie kicherte wie ein junges Mädchen. »Er wird darüber hinwegkommen.«

»Es freut mich jedenfalls, dass Sie mich wiedersehen wollten.«

Ein wenig verlegen blickte sie zum Fenster. »Ich soll Sie übrigens von Ihrer Prinzessin grüßen.«

Die beiden Vögel waren nirgends zu sehen. »Ihr scheint nicht ganz so viel an einem Wiedersehen zu liegen.«

»Sie lässt sich entschuldigen. Sie hat Sie wohl für Pater Limberg gehalten.«

»Haben Sie einen Namen für sie gefunden?«

»Sie ist sehr wählerisch. Es wird wohl noch eine Weile dauern, bis sie einen meiner Vorschläge akzeptiert.«

»Kommen die Vögel wirklich jeden Tag zu Ihnen?«

»Wenn ich es Ihnen doch sage! Jeden Morgen, Tag für Tag. Ich habe Tiere schon als Kind geliebt, ebenso wie sie mich. Als ich klein war, bin ich nachts oft aus dem Haus geschlichen, um im Freien, oben auf einem Hügel, zu beten. Damals glaubte ich, das sei nötig, um Gott ein wenig näher zu sein als in meiner kleinen Stube.« Sie lächelte. »Kinder haben sonderbare Gedanken, nicht wahr? Auf jeden Fall kamen manchmal Hasen und Füchse zu mir aufs Feld, sie saßen einfach da und schauten mich an, hörten zu, wie ich meine Gebete sprach.«

»Was haben Ihre Eltern dazu gesagt, dass Sie sich nachts dort draußen herumtrieben?«

»Sie wussten nichts davon. Damit mir das Wachwerden mitten in der Nacht leichter fiel, schlief ich mit dem Kopf auf einem harten Stein statt auf einem Kissen. Manchmal band ich Stricke mit vielen Knoten um meinen Körper. Und draußen kniete ich mich im Sommer in Brennnesseln und im Winter in den Schnee, sodass ich unter freiem Himmel nicht einschlief.«

»Wie alt waren Sie da?«

»Fünf oder sechs, als ich damit anfing. Das erschreckt Sie, nicht wahr?«

»Ein wenig.«

»Ein wenig«, ahmte sie mich lächelnd nach. »Von wegen. Ich sehe Ihnen doch an, dass Ihnen bei dem Gedanken ganz unwohl zu Mute wird.«

»Ich gestehe, dass …«

»Sie müssen mir gar nichts gestehen«, fiel sie mir sanft ins Wort. »Ich bin diejenige, die hier die Geständnisse macht. Deshalb hat Gott Sie zu mir gesandt, deshalb habe ich Sie in meiner Vision gesehen. Sie sind hier, um mir zuzuhören.« Vorsichtig versuchte sie, sich in eine andere Lage zu bringen. Ihr Gesicht verzerrte sich vor Schmerz.

Ich sprang auf und beugte mich eilig zu ihr vor. »Kann ich Ihnen helfen?«

»Es geht schon, danke.« Nachdem sie sich wieder entspannt hatte, fuhr sie fort: »Wussten Sie, dass ich als Kind die Geister Verstorbener gesehen habe? Hat Ihr Bruder Ihnen das erzählt?«

»Ich glaube, er wusste ziemlich genau, warum er es *nicht* getan hat.«

»Sie wären sonst nicht hergekommen, nicht wahr?« Sie lachte wieder und sah dabei trotzdem todtraurig aus. Nicht zum ersten Mal hatte ich das Gefühl, dass jeder hier mich besser kannte als ich mich selbst.

»Ich bete oft für die armen Seelen im Fegefeuer«, erzählte sie, »das habe ich schon als Kind getan. Früher sind sie mir zum Dank dafür oft erschienen. Auf dem Weg zur Frühmesse, in der Dunkelheit über den Feldern, tanzten sie als kleine Feuer am Himmel, manchmal auch als glitzernde Perlen inmitten einer trüben Flamme. Sie erzählten mir von ihren Qualen, sie weinten und jammerten, und eines Tages bat ich meinen Schutzengel, mich zu ihnen zu führen.«

»Ins Fegefeuer?«

Sie lächelte milde. »Ich weiß, dass Sie mir kein Wort glauben. Aber, ja, mein Engel führte mich ins Fegefeuer, und ich sah die Abgründe des Leids, in denen die Sünder und Ungläubigen dahinvegetieren. Vielleicht ist das der Grund, warum alle anderen mein Dasein für so unerträglich halten, ich selbst mich aber längst damit abgefunden habe – ich habe Schlimmeres gesehen als ein Leben im Bett.«

»Ich kann nicht glauben, dass Sie sich wirklich damit abgefunden haben.«

»Ich hatte nie eine andere Wahl. Ich bin in Sicherheit, solange ich mir Gottes Gnade verdiene.« Sie zögerte. »Allerdings weiß ich nicht, was geschieht, wenn meine Befürchtungen wahr sind, wenn Gott mich wirklich für meine Begegnungen mit Maria bestrafen will.« Sie sprach sehr ernst, beinahe sachlich, obwohl ich ihr ansehen konnte, welche Ängste sie unter der Maske ihres Glaubens empfand.

»Es gab eine Zeit«, fuhr sie betreten fort, »in der Gott mich verlassen hat. Das waren die schlimmsten drei Jahre meines Lebens. Er erlegte mir Prüfungen auf, Sühneleiden für die Fehltritte anderer, aber auch für meine eigenen. Ich verbrachte halbe Nächte mit dem Lesen frommer Schriften und betete während der restlichen Hälfte den Rosenkranz. Mehr als einmal erschreckte der Herr mich in der Nacht mit scheußlichen Erscheinungen, ja, sogar den Widersacher selbst führte er in meine Kammer.«

»Der Teufel ist Ihnen erschienen?«

»Er kam über mich, in einer Winternacht, als ich bei offenem Fenster eingeschlafen war, trotz des Schneesturms, der draußen tobte. Ich hatte gehofft, die Kälte würde mich wach halten, aber ich schlief dennoch ein. Gott erkannte meine Verfehlung und entzog mir seinen Schutz. So kam es, dass der Widersacher mühelos den Weg zu mir fand.«

»Was genau ist geschehen?«

Sie wandte das Gesicht ab, Tränen standen plötzlich in ihren Augen. »Er kam allein, in der Gestalt eines großen dunklen Mannes, der durchs Fenster in meine Kammer stieg. Ich erwachte von seinen Berührungen. Er war so kalt wie der Winter selbst, als wären seine Finger aus Eis gegossen. Schnee fiel von seinen Schultern auf mich herab, als er sich über mich beugte. Seine Hände zerrten meine Decke zur Seite, zerrissen mein Hemd ...« Sie brach ab, aber es waren nicht die Tränen, die ihre Worte erstickten, sondern ihre Scham und die absurde Gewissheit, ihr Schicksal verdient zu haben.

»Kam Ihnen denn niemand zu Hilfe?«, fragte ich schockiert. »Hat keiner Ihre Schreie gehört?«

Sie schaute mich lange an, so unsagbar traurig. »Ich habe nicht geschrien. Ich lag ganz still, ohne mich zu bewegen, ohne einen Laut. Ich wusste, der Herr ließ mich Buße tun, er hatte mir diese Strafe auferlegt, und ich musste sie erdulden, um ihn nicht noch mehr gegen mich aufzubringen. Ich erlitt die Martern des Widersachers, und ich war dankbar für die Gnade, die der Herr mir angedeihen ließ, denn nun kannte ich die Schrecken desjenigen, gegen den der Allmächtige mich ins Felde führt.«

Ich rang um meine Fassung. »Ist so etwas später noch einmal passiert?«

»Nein, niemals. Ich betete noch häufiger, noch inbrünstiger, und richtete all meine Liebe auf den Herrn, unseren Gott. Seither war er stets für mich da, hat mich beschützt und mir gestattet, mein Leben in seinen Dienst zu stellen und ihm zu opfern.«

Immerhin, sie nannte es ein Opfer. Tief in ihr mochte also immer noch etwas das Versäumte bedauern. Dieser Teil von ihr war es also, den sie so sehr fürchtete. Ihm gab sie die Schuld an ihren Marienvisionen, von ihm glaubte sie, dass er erneut Gottes Strafe auf sie ziehen würde.

»Die Wunden sind nur der Anfang«, sagte sie leise. »Es ist alles genauso wie damals.«

»*Was ist* genauso wie damals?« Am liebsten hätte ich sie an den schmalen Schultern gepackt und geschüttelt, um ihr diesen Unsinn auszutreiben. »War in der letzten Nacht jemand hier?« Ich deutete mit einer unsicheren Geste zum Fenster. »Ist jemand dort hereingestiegen?«

»Nein.« Nur ein Flüstern. »Niemand war hier. Aber ich weiß, dass jemand kommen wird. Damals war es genauso. Erst erhielt ich die Wunden der Dornenkrone, und bald darauf besuchte mich der Widersacher.« In diesem Moment hörte ich sie zum ersten Mal schreien. Sie war aufgebracht und voller Panik: »Er kommt hierher! Zu mir, verstehen Sie? Und niemand wird ihn zurückhalten können, wenn ich nicht aufhöre, in meinen Visionen die Mutter Gottes zu sehen und mit ihr Dinge zu treiben, die es in meinem Kopf gar nicht geben dürfte.« Sie schloss die Augen, und ich fragte mich, was sie im Dunkel hinter ihren Lidern sah. »Wie kann ich denn meine eigenen Gedanken bezwingen? Wie kann ich wieder Herr meiner selbst werden?«

Ich ergriff ihre bandagierten Hände, ganz zaghaft, um

die Wunden nicht zu berühren. Sie zuckte vor Schmerz zusammen, zog die Finger aber nicht zurück.

»Sie können es nicht beeinflussen, oder?«, fragte ich. »Diese Ekstasen überkommen Sie einfach?«

Sie hatte nicht einmal mehr die Kraft, mit dem Kopf zu nicken. Ihre Arme fielen zurück auf die Bettdecke, und eine Woge der Pein raste durch ihren Körper, ließ sie sich aufbäumen und wieder zurück in die Kissen sinken.

Ich war so machtlos wie ein Kind, dem man aufträgt, es möge einen Berg versetzen. Und ist es nicht der Glaube, dem man nachsagt, er könne Berge versetzen? Alles Lüge! Annas Glaube *war* der Berg!

»Haben Sie mit dem Abbé darüber geredet?«, fragte ich vorsichtig, nicht einmal sicher, ob sie überhaupt noch ansprechbar war.

»Mit niemandem«, sagte sie kraftlos, »nur mit Ihnen.«

Ihr Dilemma war verzwickt. Mit ihren geistlichen Beschützern konnte sie unmöglich über ihre Ängste sprechen, denn dann hätte sie ihnen gestehen müssen, dass sie in ihren Visionen mehr sah als nur eine reine, tugendhafte Maria. Von mir, einem Ungläubigen, hatte sie sich mehr Verständnis erhofft, doch auch ich hatte sie enttäuscht. Zwar verstand ich die fleischliche Natur ihrer Ekstasen, doch um Annas Furcht vor einer göttlichen Strafe nachvollziehen zu können, fehlte mir der Glaube an Gott.

Während ich noch nach den richtigen Worten suchte, irgendetwas, um ihr Mut zu machen, sagte sie plötzlich: »Manchmal kann ich hören, wie er näher kommt.«

»Der Mann?«, fragte ich irritiert. »Sie hören den Mann am Fenster?«

Sie versuchte vergeblich den Kopf zu schütteln. »Nicht den Mann«, brachte sie keuchend hervor. »Damit wird er sich nicht mehr zufrieden geben. Diesmal ist es etwas anderes. Es hat schon die Heilige Jungfrau verfolgt, und jetzt verfolgt es mich!«

»Was denn nur, in Teufels Namen?«

Ihre Augen waren fest auf das Fenster gerichtet. Vielleicht wünschte sie sich einmal mehr, den Kirchturm zu sehen; gewiss hätte ihr der Anblick Trost gespendet. Sonnenstrahlen fielen über sie hinweg, ohne sie zu berühren. Staub tanzte darin. Es sah aus, als trennte uns eine flirrende Barriere aus Licht.

»Der Siebenköpfige«, flüsterte sie wie betäubt. »Ich kann seinen Hahnenschrei hören.«

Wenig später schlief sie ein.

12

Die Dunkelheit war längst hereingebrochen, als der Abbé mich in seinem Quartier empfing. Die stickige Dachstube war nur über zwei steile Treppen zu erreichen. Trotzdem schien der alte Mann zufrieden in seiner Armut, erlaubte sie ihm doch, seine mageren Einkünfte für Annas Versorgung aufzuwenden.

Auf einem schlichten Holztisch in der Mitte der Kammer brannte eine einzelne Kerze. Der Abbé musste mir mein Mitleid angesehen haben, denn nachdem er mir einen Platz auf einem wackligen Schemel angeboten hatte, sagte er: »Der Priester eines Herzogs ist keiner seiner Bediensteten, dementsprechend erhält er auch keine Rente von ihm.« Er zuckte die Achseln und schmunzelte versöhnlich. »Und die Kirche war noch nie ein spendabler Dienstherr.«

Er ließ sich ächzend auf einem zweiten Hocker nieder, sodass wir uns am Tisch gegenübersaßen. Die Branntweinflasche, die ich mitgebracht hatte, stellte ich zwischen uns. Der Abbé verlor kein Wort darüber. Nach einem Augenblick des Schweigens stand er auf, holte zwei Tonbecher und füllte sie stumm.

Der Schein der Kerze war so schwach, dass die Wände

der Dachstube in völliger Finsternis lagen. Erst als sich meine Augen an die schlechten Lichtverhältnisse gewöhnt hatten, konnte ich im Schatten die Umrisse eines Bettes und einer Kleiderkiste ausmachen, daneben ein dichtbestücktes Bücherregal; weitere Bände waren überall auf dem Boden gestapelt.

»Hören Sie auf, mich zu bedauern«, verlangte er erheitert. Das Gleiche hatte auch Anna zu mir gesagt. »Ich weiß, dass Sie aus reichem Hause stammen, Herr Brentano, aber Sie sollten unser Leben hier nicht nach Ihren Maßstäben bemessen. Ich bin zufrieden mit dem, was ich habe. Mit meiner Kammer, meinen Büchern …«

Und mit Anna.

»Es ist schon spät«, sagte er. »Verraten Sie mir den Grund Ihres Besuches? Was gibt es Wichtiges, dass wir es noch nicht heute Morgen auf dem Marktplatz besprochen hätten?«

»Ich habe Sie mit Limberg und Wesener gesehen«, sagte ich geradeheraus. Das war keine Antwort auf seine Frage, aber ich war gespannt, wie er darauf reagieren würde.

Der Abbé nickte nur. »Sie kamen zufällig vorbei.«

»Wollten sie wissen, worüber wir gesprochen haben?«

Mit einem Kichern beugte er sich über die Tischplatte zu mir vor. Einen Moment lang fürchtete ich, seine wirren weißen Haarsträhnen könnten an der Kerze Feuer fangen. »Sie halten mich doch nicht etwa für dumm, mein Lieber?« Die Flamme spiegelte sich in seinen Augen, ließ sie gelb aufblitzen. »Natürlich weiß ich ebenso gut wie Sie, dass die beiden nur aus dem einen Grund aufgetaucht sind, um mich auszuhorchen.«

»Was haben Sie ihnen gesagt?«

»Die Wahrheit. Ich kann mich nicht erinnern, dass wir über irgendetwas Geheimes gesprochen hätten.«

»Tut mir Leid«, sagte ich und nahm einen tiefen Zug aus meinem Becher. »Ich bin nur müde.«

»Dann sollten Sie schlafen, wie jeder vernünftige Mensch es um diese Uhrzeit tut.«

»Ich bin hergekommen, um Sie etwas zu fragen.«

»Nur zu.«

»Haben Sie je von einem Wesen gehört, das sich der Siebenköpfige nennt?«

Ohne lange nachzudenken, schüttelte er den Kopf. »Nicht, dass ich wüsste.«

»Es könnte in der Bibel auftauchen«, bohrte ich weiter. »Möglicherweise im Zusammenhang mit der Mutter Gottes. Bitte, es ist wirklich wichtig.«

»Dann hat Anna es erwähnt?«

Zwecklos, das abzustreiten, daher nickte ich.

»Wie ist sie darauf gekommen?«

»Ich weiß es nicht mehr«, log ich und war ziemlich sicher, dass er den Schwindel durchschaute. Ich leerte schnell meinen Becher, um ihn nicht ansehen zu müssen, und füllte eilig wieder nach.

Er beäugte mich argwöhnisch, aber auch mit einem Hauch von Heiterkeit. »Sie kann einen mit ihren Visionen ganz schön überfordern, wenn man mit dem Ensemble der Bibel nicht vertraut ist.«

Ich brachte ein verlegenes Lachen zu Stande. »Anna nimmt darauf nicht allzu viel Rücksicht.«

»Nun«, meinte er grübelnd, »lassen Sie mich noch einmal überlegen. Ein Siebenköpfiger, sagten Sie?«

Ich nickte und trank.

»Im Zusammenhang mit der Heiligen Jungfrau also.« Auch er nahm jetzt seinen Becher, drehte ihn aber nur geistesabwesend in der Hand. »Nun, um ehrlich zu sein, Marias Schicksal nimmt in der Bibel keinen allzu großen Stellenwert ein – gerade deshalb interessiert sich ja jeder katholische Theologe diesseits und jenseits der Grenze für Annas Visionen. Mehr als einer hat versucht, daraus einen Lebensweg der Jungfrau Maria zu rekonstruieren.« Er stellte den Becher ab und klopfte ein paarmal mit seinem Stock auf den Dielenboden. Offenbar half ihm das beim Nachdenken. »Es ist also durchaus möglich, dass dieser Siebenköpfige unserer Anna in einer ihrer Visionen erschienen ist und gar keine Entsprechung im Alten oder Neuen Testament hat.«

Die Kerze stand ein wenig schief, sodass ihr Wachs in einer Pfütze auf der Tischplatte erstarrte. Der Abbé kratzte gedankenverloren mit einer Fingerspitze daran, formte kleine Wachskügelchen und rollte sie über die Tischkante in die Tiefe. Plötzlich blickte er auf, unsere Blicke kreuzten sich.

»Haben Sie eigentlich Anna selbst danach gefragt?«

»Ich habe mich geschämt, um ehrlich zu sein.«

»Seltsam«, sagte er mit hintergründigem Schmunzeln. »Sie machen sonst gar nicht den Eindruck, als könnte Sie etwas Derartiges so schnell in die Bredouille bringen.«

Ich wünschte mich auf schnellstem Wege zurück in mein Gasthofzimmer. Nicht nur Anna und Limberg, sogar dieser alte Mann durchschaute mich ohne jede Mühe. Ich trank meinen Becher in einem Zug leer.

Da erhellte sich schlagartig seine Miene. »Ah, jetzt weiß ich! *Diesen* Siebenköpfigen muss sie meinen!« Er atmete so hastig aus, dass die Kerze bedenklich flackerte und beinahe erloschen wäre. »Mein Junge, gehe ich recht in der Annahme, dass Sie niemals die Offenbarungen des Johannes gelesen haben?«

»Tut mir Leid.« Mein Herz schlug schneller, und das kam nicht allein vom Branntwein.

»Lassen Sie mich Ihnen etwas erklären. Das heißt ...« Er stand ruckartig von seinem Hocker auf, ohne den Satz zu beenden, und trat an sein Bücherregal.

Schon bald darauf saß er wieder am Tisch und blätterte in einer kostbaren Bibel, reich illustriert und mit goldenen Blattkanten versehen. Hätte er dieses Schmuckstück verkauft, so hätte er vom Erlös wahrscheinlich ein weit besseres Quartier als dieses ein ganzes Jahr lang unterhalten können.

Im hinteren Teil der Schrift fand er die richtige Stelle. »Hören Sie, hier, der Beginn des zwölften Kapitels der Offenbarung.« Seine Stimme änderte sich, als fände sie zurück in eine alte, fast vergessene Tonlage. Klangvoll, so wie er einst die Predigt von der Kanzel verkündet hatte, begann er vorzulesen: »*Und es erschien ein großes Zeichen am Himmel: ein Weib, mit der Sonne bekleidet und der Mond unter ihren Füßen und auf ihrem Haupt eine Krone aus zwölf Sternen. Und sie war schwanger und schrie in Kindesnöten und hatte große Qual bei der Geburt. Und es erschien ein anderes Zeichen am Himmel, und siehe, ein großer roter Drache, der hatte sieben Häupter und zehn Hörner und auf seinen Häuptern sieben Kronen, und sein Schwanz feg-*

te den dritten Teil der Sterne des Himmels hinweg und warf sie auf die Erde. Und der Drache trat vor das Weib, die gebären sollte, auf dass, wenn sie geboren hätte, er ihr Kind fräße. Und sie gebar einen Sohn, ein Knäblein, der alle Völker sollte weiden mit eisernem Stabe. Und ihr Kind ward entrückt zu Gott und seinem Thron. Und das Weib entfloh in die Wüste ...«

Der Abbé las einen Augenblick lautlos weiter, während ich den nächsten Becher austrank. Schließlich schaute er auf und erklärte: »Darauf folgt eine Stelle, in der der Erzengel Michael den Kampf gegen den siebenköpfigen Drachen aufnimmt, ihn niederschlagen, aber nicht endgültig besiegen kann. Dann kommt der Satz: *Und da der Drache sah, dass er geworfen war auf die Erde, verfolgte er das Weib, die das Knäblein geboren hatte.* Nach einem weiteren Zwischenspiel endet das Ganze mit den Worten: *Und der Drache ward zornig über das Weib und ging hin, zu streiten wider die übrigen von ihrem Geschlecht, die da Gottes Gebote halten und haben das Zeugnis Jesu.*«

Ich versuchte ihn anzusehen, doch immer wieder wurde mein Blick von der Kerzenflamme eingefangen, als wollte sie mir einen Vorgeschmack auf das Fegefeuer geben, das Anna mir und allen Ungläubigen prophezeit hatte. »Dieses Weib, von dem da die Rede ist, ist das Maria?«, fragte ich. Mir schwindelte ein wenig.

»Marias Name wird nicht erwähnt, deshalb kam ich nicht gleich auf diese Stelle, als Sie von einem Zusammenhang zwischen ihr und dem Siebenköpfigen sprachen. Aber, ja, es gibt viele Theorien, die das Weib der Apokalypse mit der Mutter Gottes gleichsetzen, vor allem wohl wegen des Sohnes, den sie zur Welt bringt. Ich bin kein Bibelforscher, ich sehe nur das, was schwarz auf weiß auf dem Papier steht – aber natürlich muss auch ich eingestehen, dass die Übereinstimmung frappierend ist. Deshalb« – er bog die schmerzenden Schultern nach hinten, bis sie vernehmlich knackten –, »deshalb also scheint mir die Vermutung gerechtfertigt, dass es sich bei diesem Siebenköpfigen, den Anna erwähnt hat, um den Drachen der Offenbarung handelt.«

»Welche Rolle spielt er, abgesehen davon, dass er die arme Frau in die Wüste jagt?«

»Er gibt seine Kraft weiter an das Tier, das aus dem Abgrund heraufsteigt und die Welt mit seiner schrecklichen Macht bedroht. Auf diesem Tier reitet später die Große Hure Babylons, die Mutter aller Unzucht.«

Die Bilder fügten sich zusammen wie uralte Mosaiksteine. Der Siebenköpfige, der Maria gejagt und ihr geschworen hatte, alle ihre Nachkommen zu vernichten; dazu die Mutter aller Huren, Sinnbild fleischlicher Sünde. Es wunderte mich kaum mehr, dass Anna, die sich der Jungfrau Maria so sehr verbunden fühlte, ausgerechnet den Zorn des Siebenköpfigen auf sich bezog, als Strafe für ihr blasphemisches Treiben mit der Maria ihrer Visionen.

Die Zusammenhänge klärten sich, doch sie klangen dadurch nicht weniger verrückt. Ich bot dem Abbé weiteren Branntwein an, doch er lehnte dankend ab; der Inhalt seines Bechers war noch unberührt. Ich schenkte mir den Rest ein und trank sofort die Hälfte aus.

»Glauben Sie, dadurch legt sich Ihre Verwirrung?«, fragte er mit Blick auf die leere Flasche.

»Wie kommen Sie darauf, dass ich verwirrt bin?«

»Sie sind gereizt. Aufgrund von Dingen, die Ihnen bis vor wenigen Tagen nicht das Geringste bedeutet haben.«

»Überrascht Sie das?« Der Branntwein löste meine Zunge. »Ich sehe eine kranke Frau, die zu schwach ist, ihr Bett zu verlassen. Und ich sehe Männer, die wie die Schmeißfliegen um sie herumschwirren. Ich frage mich, ob nicht ...«

»Herr Brentano«, unterbrach er mich mit verzeihendem Lächeln, »Sie sollten an einem Ort wie diesem nicht die gleiche Schlechtigkeit suchen, die Sie aus den großen Städten kennen.«

»Ich sehe nicht, was den Unterschied ausmacht.«

»Dabei ist die Antwort so einfach. Es ist der *Glaube*, Herr Brentano. Keiner von denen, die mit Anna zu tun haben, würde gegen seinen Glauben verstoßen. Was immer wir für Anna empfinden mögen, zwischen ihr und uns steht immer der Engel Gottes.«

»Der Engel Gottes!«, wiederholte ich abfällig. »Hat er ihr denn geholfen, als nachts der ...« Ich brach ab, als mir bewusst wurde, dass ich beinahe ein Geheimnis ausgeplaudert hätte. »Verzeihen Sie«, bat ich, doch ich konnte sehen, dass die Neugier des Abbés geweckt war.

»Worauf wollen Sie hinaus?«, fragte er, und sein Blick wurde stechend.

»Nichts. Gar nichts. Es tut mir Leid.« Ich schloss für einen Moment die Augen, nicht nur, um seinem Starren zu entgehen. Ich musste zu mir kommen, wieder nüchtern werden. »Ich habe zu viel getrunken. Hören Sie nicht auf das, was ich sage.«

Damit stand ich auf und wollte zur Tür gehen, als plötzlich mein Blick auf die aufgeschlagene Bibel fiel. Eilig trat ich zurück und betrachtete die Illustration neben dem Text. Sie zeigte ein Furcht erregendes Untier mit sieben Häuptern und sieben Kronen, so wie es von Johannes in seiner Offenbarung beschrieben worden war. Der Illustrator hatte mit der Freiheit des Künstlers ein Detail hinzugefügt, das in den Zeilen nicht erwähnt wurde: Die Drachenköpfe hatten gewaltige Schnäbel statt Mäuler. Sie waren halb Hahn, halb Reptil.

Ich höre seinen Hahnenschrei.

»Kennt Anna dieses Bild?«

»Gewiss«, antwortete der Abbé. »Das hier ist die alte Bibel des Klosters Agnetenberg. Anna hat oft hineingeschaut, wenn sie mich in der Sakristei besuchte.«

»Sie hat erwähnt, dass der Siebenköpfige die Schreie eines Hahns ausstößt.«

Der Abbé lächelte gutmütig, so wie ein Vater sein neunmalkluges Kind belächelt. »Sie hat dieses Buch sehr geliebt. Als ich noch ein wenig mehr Kraft hatte, habe ich es oft mit an ihr Lager genommen.«

Ich dankte ihm, nachdenklich geworden, nahm Abschied und wankte die Treppen hinab zur Straße. Die leere Flasche blieb auf dem Tisch zurück.

13

Ich kann jeden Laut in diesem Haus hören.« Anna lag in ihrer Korbkrippe und schaute mich an. Die Strahlen der Morgensonne fielen durchs Fenster, ohne sie zu berühren. Ihr Aufruhr vom gestrigen Nachmittag hatte sich gelegt, aber sie wirkte betrübt und sehr einsam.

»Hören Sie es auch?«, fragte sie. »Es ist, als ob das Haus mit mir reden wollte. Die Dachziegel ächzen, während sie mit jedem Jahr ein wenig tiefer rutschen. Holzwürmer nagen sich durch die Balken. Die Böden stöhnen unter dem Gewicht der Möbel. Oben auf dem Speicher weht ein Luftzug Staub auf, er dreht sich wie eine Ballerina um sich selbst, ein leichtfüßiger grauer Wirbel. Glauben Sie mir, ich kann es hören! Ich habe noch nie eine Ballerina gesehen, wissen Sie, aber ich weiß, wie eine aussieht. Wesener hat sie mir beschrieben. Da, horchen Sie nur! Gertrud spült das Geschirr, sie summt ein Lied. Und in der Backstube hat eben ein Lehrjunge in der Nase gebohrt und knetet jetzt mit den Fingern den Teig. Ich hab's an seinem Atem gehört.«

»Ich glaube, es kommen zu wenige Menschen, die mit Ihnen sprechen«, entgegnete ich sanft. Aber es war nicht nötig, sie zu beruhigen. Sie war völlig gelassen, und was sie sagte, war ihr ernst und wichtig.

Sie schüttelte sachte den Kopf. »Die Dinge haben eigene Stimmen. Wenn man lange genug auf sie horcht, kann man sie verstehen. Manche von ihnen.«

»Trotzdem würde es Ihnen gut tun, mehr Stimmen von Menschen zu hören.«

»Kommen Sie schon«, meinte sie ganz verdrossen, »seien Sie nicht so ein elender Schulmeister. Warum gönnen Sie mir nicht das bisschen Gesellschaft, das ich hier finde?«

»Ich gönne Ihnen mehr als nur das«, sagte ich ernsthaft. »Aber was könnte Ihnen ein Haus schon erzählen?«

»*Sie* sind der Dichter. Sollten Sie mir nicht eine Antwort darauf geben können?«

Verunsichert deutete ich auf das Fensterbrett, wo die beiden Lerchen saßen und Brotkrumen aufpickten. »Sie sind also tatsächlich zurückgekommen.« Ich sah wieder die Blätter vor mir, das wirbelnde, tote Laub, das auf die Vögel eingestürzt war. Was hatte ich erwartet? Dass es die beiden zu Boden drückte? Meine Erwartungen waren in dieser Kammer ohne Bedeutung. Die Welt warf um sie herum eine Falte, verzerrte sich unmerklich. Blickte man von hier drinnen nach draußen, sah alles ein wenig anders aus als sonst. Der Grund dafür war Anna. Eine Magie, die von ihr ausging, in jedes Ding, jedes Wort, jedes Gefühl ihre Spuren drückte und alles und jeden verändert zurückließ. Bald würde auch ich auf die Stimmen von Häusern horchen. Und auf das ferne Geschrei eines Hahnes.

»Ich möchte Ihnen etwas gestehen.« Ich hatte lange darüber nachgedacht, auch nachdem ich wieder nüchtern war. Der Entschluss war mir nicht leicht gefallen.

Ein Schatten von Heiterkeit tanzte um ihre Mundwinkel. »Waren wir uns nicht einig, dass ich die Geständnisse mache?«

»Es hat, glaube ich, viel mit Ihnen zu tun.«

Sie legte den Kopf schräg und hörte aufmerksam zu. Sagte kein Wort, wartete nur, dass ich fortfuhr.

»Ich hatte einen Traum, vor zwei Nächten. Ich glaube zumindest, dass es ein Traum war.«

»Jetzt haben Sie schon zweimal gesagt, dass Sie etwas glauben. Das klingt seltsam aus ihrem Munde.«

Ich rang mir ein Lächeln ab. »Wollen Sie nun hören, was ich geträumt habe?«

»Häuser träumen auch, wussten Sie das?« Sie nickte mir aufmunternd zu. »Egal, erzählen Sie.«

Ich verheimlichte ihr nichts. Wortreich, aber auch ein wenig verschämt, schilderte ich ihr die wundersame Erscheinung, beschrieb ihr die schwarzen Gewänder der Frau, ihr langes dunkelbraunes Haar, aber auch, dass ich nie ihr Gesicht gesehen hatte. Ich gestand ihr die Empfindungen, die mich bei diesem Anblick überkommen hatten, versuchte, ihr zu beschreiben, was für ein Gefühl es war, als ich ihr Haar berührte und ihre Hände, selbst durch den Stoff hindurch.

Während meines Berichts entstand vor meinen Augen erneut das Abbild der Unbekannten. Erst als ich zum Ende kam und die Vorstellung allmählich verblasste, sah ich, dass mit Anna eine Veränderung vorgegangen war; ich war nicht sicher, ob es eine Wandlung zum Besseren war.

Alles Blut war aus ihrem Gesicht gewichen; ihre Haut, ohnehin sehr bleich, hatte jetzt eine leichenhafte Blässe angenommen. Im Gegensatz dazu stand das Lächeln auf ihren Lippen. Sogar ihre Augen sahen aus, als lachten sie. Dann aber schwand ihr Frohsinn auf einen Schlag, und von einer Sekunde zur anderen las ich tiefes Misstrauen in ihrer Miene.

»Sie haben das nicht erfunden, oder?«, fragte sie argwöhnisch. »Sie erzählen mir nicht nur solche Sachen, um mich zu beruhigen?«

»Glauben Sie wirklich, ich würde Sie belügen?«

Sie blickte mich lange an, suchte in meinen Augen nach Beweisen, nach einer Bestätigung ihrer Zweifel. Schließlich aber senkte sie für einen Moment die Lider, schien in sich zu gehen. »Ich glaube Ihnen«, flüsterte sie tonlos, nur um plötzlich mit erneutem Lächeln hinzuzufügen: »... glaube ich zumindest.«

»Warum sind Sie nur so misstrauisch?«

»Die Frau, die Sie beschrieben haben«, sagte sie mit flattriger Stimme, »sieht aus wie die Maria in meinen Visionen. Meine erste Begegnung mit ihr verlief auf die gleiche Weise wie Ihre.«

»Woher hätte ich das wissen sollen?«

»Niemand weiß davon. Deshalb glaube ich Ihnen, Pilger.«

Es wäre mir lieber gewesen, wenn sie mir *vertraut* hätte, aber vielleicht war das zu viel verlangt. »Sie meinen also allen Ernstes, diese Frau in meinem Traum war Maria?« Die Vorstellung war so absurd, dass sie hier, in dieser Kammer, fast schon wieder nahe liegend erschien.

Anna blieb sehr ernst, als sie sagte: »Sie war es! Es war die gleiche Vision!«

Mit Vernunft und klarem Menschenverstand würde ich sie nicht überzeugen können. »Aber ich glaube nicht an Gott! Ich glaube nicht an den Heiland und nicht an die jungfräuliche Empfängnis! Die Mutter Gottes weiß genau, weshalb sie ausgerechnet einen Menschen wie Sie wählt, Anna, um sich zu offenbaren.«

»Und dennoch wurden auch Sie von ihr auserkoren.« Ihre Stimme war voller Begeisterung, beinahe überschwänglich. Bei keinem meiner bisherigen Besuche hatte ich sie derart übermütig erlebt. »Deshalb sind Sie mir damals erschienen!«, rief sie aus. »Es stimmte, was ich Ihnen zu Anfang sagte: Wir beide sind verwandte Seelen. Ihr Traum, Ihre *Vision* ist der Beweis dafür!«

»Gut«, sagte ich, nur äußerlich resigniert. »Falls es wirklich so ist, wie Sie sagen, wie wollen wir dann damit umgehen? Was erwarten Sie, wie *ich* damit umgehe?«

Ihrer Freude war auch durch Sachlichkeit kein Einhalt zu gebieten. »Jetzt, wo ich weiß, dass Sie das Gleiche erlebt haben, kann ich Ihnen endlich alles erzählen. Sie werden mich verstehen, jetzt noch viel besser als vorher.«

»Sie wissen, dass Sie mir vertrauen können. Das konnten Sie von Anfang an.«

Eigentlich hatte ich ihr von dem Traum erzählt, weil ich ihr zeigen wollte, dass auch andere solche Visionen hatten wie sie selbst. Ich hatte gehofft, es würde sie beruhigen, vielleicht ihre Schuldgefühle mindern. Stattdessen aber steigerte sie sich nur noch tiefer in diesen Wahn hinein, und ich war nicht sicher, ob ich wirklich ein Teil davon sein wollte.

»Wollen Sie mir zuhören?«, fragte sie, nach außen hin ein wenig ruhiger geworden. Aber ich sah ihr an, dass sie unter der Oberfläche vor Aufregung vibrierte.

»Natürlich will ich das«, sagte ich und war keineswegs überzeugt, ob ich es tatsächlich wollte. Aber war ich nicht zu ihr zurückgekehrt, um zuzuhören? Nun, dann tu es gefälligst, dachte ich. Tu, was du von der ersten Minute an gewollt hast! Jetzt kannst du ihr beweisen, dass du ihr Vertrauen verdient hast.

»Meine erste Begegnung mit Maria liegt Jahre zurück«, begann sie stockend. Ihre Augen zuckten unruhig hierhin und dorthin, ohne ein einziges Mal meinen Blick zu kreuzen. Ich dagegen schaute fest in ihr Gesicht, zog jede Faser ihrer asketischen Anmut mit meinen Augen nach wie ein Maler die Züge eines Portraits mit Farbe und Pinsel. »Ich war noch sehr jung damals, noch nicht so vertraut mit dem Kommen und Gehen meiner Gesichte. Als ich Maria vor mir erblickte, war mein erster Gedanke, dass ich meinen Schutzengel nirgends entdecken konnte. Nie zuvor hatte er mich während einer meiner Visionen allein gelassen! Und nun stand ich da, an diesem Ort, der eigentlich gar keiner war, denn ich nahm nichts um uns wahr, keine Landschaft, keine Wände. Die Heilige Jungfrau stand genauso da, wie Sie sie beschrieben haben, mit dem Rücken zu mir. Nur die Blätter, die Sie sahen, waren nicht da. Auch ich spürte, wie es mich zu ihr zog, ich wollte sie berühren, wollte sie spüren, wollte einfach nur bei ihr sein. Später, nachdem sie sich zurückgezogen hatte und ich wieder allein war, allein in meiner Kammer, da versuchte ich mir einzureden, dass es eine göttliche Anziehung gewesen war, die mich zu ihr getrieben hatte. Aber nachdem es ein zweites Mal geschah, und danach immer wieder und immer heftiger, begriff ich, dass ihre Macht über mich keine religiöse war.«

Sie zögerte einen Augenblick, beunruhigt über ihre eigenen Worte. Als sie schließlich weitersprach, klang sie immer noch beschämt, doch jetzt kamen die Worte flüssiger, beinahe ohne zu stocken. Ich entdeckte eine Spannung tief in meinem Inneren, ein Begehren, alles zu erfahren.

»Das zweite Mal begegnete ich ihr in der Kapelle des Klosters«, fuhr sie fort. »Ich weiß nicht, ob ich nur im Traum zwischen den Bänken wandelte, oder ob ich tatsächlich dort war. Sie trat hinter einer Säule hervor und kam auf mich zu, nicht mehr verschleiert, sondern ganz offen, und ich schaute in ihr Gesicht und erkannte, dass *sie* es war. Ich hatte nie einen Zweifel daran, auch heute nicht. Sie kam auf mich zu, nahm meine Hände und küsste mich auf den Mund. Ich erschrak, und ich frohlockte, beides auf einmal, und wenn es ein einfacher Traum gewesen wäre, so wäre ich gewiss erwacht und hätte geschrien. Nicht vor Schreck oder Scham, sondern darüber, dass sie fort und ich wieder allein war. Ich brannte, verstehen Sie, brannte vor Wollust! Ich dachte, dass so der Widersacher empfunden haben musste, als er des Nachts in meine Kammer gestiegen war, und ich fühlte mich ihm niemals so nahe wie in diesem Augenblick, als ihre Lippen die meinen berührten, nicht weil ich glaubte, etwas Teuflisches zu tun, sondern weil ich ihn plötzlich verstand! Ich verstand den Teufel und sein Tun so gut wie niemals zuvor!

Sie presste ihre Lippen auf die meinen, und dann spürte ich, wie ihre Zungenspitze ganz sanft meine Haut berührte, vorsichtig Einlass begehrte, wie sie unendlich zärtlich in mich eindrang. Erst zauderte ich, dann aber gab ich nach, genoss, wie sie meinen Mund erkundete, vertieft in ein Spiel, das längst nicht mehr allein das meine oder ihre war, sondern ein Spiel unserer Körper, die wie von selbst die Führung übernahmen.

Sie löste ihr Gewand, es fiel rund um sie nieder, und ich konnte nur dastehen und ihren Leib bewundern. Ihre Hände tasteten über mein Nachthemd – ich kam manchmal nachts nur im Hemd in die Kapelle, um zu beten, ganz allein, deshalb könnte ich *tatsächlich* da gewesen sein – ihre Hände also betasteten mein Hemd, streiften es langsam an den Hüften nach oben, rafften den Saum an meinen Schenkeln empor, und sogar heute noch kann ich mich genau an dieses Gefühl erinnern. Und was für ein Gefühl das war! Der Stoff wanderte an meiner Haut hinauf, als wehe ihn ein warmer Luftzug empor, und hätte ich nicht ihre Fingerspitzen auf meinen Hüften gespürt, wie zärtliches Klavierspiel auf meinem Fleisch, so hätte ich wohl geglaubt, mein Nachthemd hebe sich von ganz allein.

Sie entblößte meine Beine, meinen Schoß, meinen Bauch, warf das Hemdchen beiseite. So standen wir uns gegenüber, betrachteten uns, liebkosten uns mit Blicken und genossen die zarte Berührung unserer Leiber, das flüchtige Aneinanderstreifen, das leichte Drängen, als sie mich auf dem Mittelgang zu Boden presste, hinab auf den kühlen Stein, der mir nie so weich, so einladend erschienen war. So wie eben noch ihre Blicke über mich hinweggewandert waren, so taten es nun ihre Hände, ihre geschickten, wunderbaren Finger, so lang und schlank und leichtfüßig wie die Pfoten eines Kätzchens. Sie spürten die Form meiner Brüste nach, zogen Kreise darum, während Höfe und Warzen geronnen wie Perlen aus heißer Milch. Dann wanderten ihre Hände tiefer, strichen über meinen Bauch, und ich schloss die Augen, als ihre Finger kleine Löckchen in das Haar zwischen meinen Schenkeln drehten. Ich wurde ganz klein unter dieser Berührung, besiegt und doch anschmiegsam, schmolz in jede Form, die sie begehrte. Ich fühlte sie dort unten in mir, doch bald schon war es nicht nur ein Eindringen zwischen meinen Schenkeln; ich spürte sie überall, mit stummer, begehrender Gewalt, während ich ihr entgegenbebte und mich ganz ihrem Drängen überließ. Ich erschauerte unter ihrer Nähe, klammerte mich an sie, bäumte mich ihr vor Gier entgegen. Heißes Schaudern wogte über mich hinweg wie das Tosen der ersten großen Ozeane, so ursprünglich und empfänglich für das neue Leben in der Tiefe, schweigend in düsterer Schwere.«

Annas Blick war ganz in ihrer Erinnerung versunken, schaute hinab auf den Grund ihrer Träume. Ich war betroffen, peinlichst berührt von ihrer Offenheit, und doch wie gebannt von jedem ihrer Worte. Ich schalt mich lüstern und schuldig an ihrer Erniedrigung, doch zugleich fühlte ich mich ihr so nahe wie an keinem Tag zuvor. Ihr leichter, stoßweiser Atem zwischen den Sätzen, ihr Herzschlag in der flachen Mädchenbrust, das sanfte Beben ihrer Stimme! Ehe ich mich versah, war ich bereits ihr Gefangener. Nur ein paar Minuten, nur diese eine geteilte Vertraulichkeit, und alles zwischen uns war anders geworden, verändert, neu geschaffen.

Ich schaute sie an, wartete darauf, dass sie fortfahren würde, nicht sicher, ob es überhaupt noch etwas gab, was sie mir mitteilen konnte. Wartete vergebens, bis sie mich bat, zu gehen und erst am nächsten Tag zurückzukommen, um vielleicht, nur vielleicht, noch mehr zu hören. Ich wusste, ich würde kommen, und das Versprechen, das ich mir gab, gab ich auch ihr, nur in Gedanken, und doch in der Gewissheit, dass sie es hörte, weil sie es hören wollte.

14

Da waren Drachen am Horizont, Drachen hoch über den Dächern. Nicht mit sieben Köpfen, nicht einmal mit einem, sondern nur aus schwarzem, flatterndem Papier. Ein paar Kinder ließen sie draußen auf den Feldern steigen, große, majestätische Dreiecke, die wie Rochen auf den Winden schwebten. Der Herbsthimmel war wolkenverhangen, wirkte vollkommen unbewegt, obwohl hier unten immer noch Sturmböen durch die Gassen jagten und das Laubmeer zum Beben brachten.

Ich kehrte auf dem schnellsten Weg zurück zum Gasthof, fand auf Anhieb die richtigen Ecken und Abzweigungen, während meine Gedanken ganz woanders weilten.

Ein Gespenst verfolgte mich, die Vorstellung einer jungen Frau, die ihre schwarzen Gewänder abstreift. Vielleicht, weil ich dieses Bild als Fortführung meines eigenen Traumes wiedererkannte, vielleicht auch nur, weil es etwas in mir ansprach, was es in den meisten Männern angesprochen hätte. Frauen waren mir nicht fremd – wie oft hatte mein Bruder mich wegen meiner Leichtlebigkeit gerügt –, und ich kannte das Gefühl gut, sie zu berühren, kannte ihre Gerüche, ihren warmen, ein wenig eisernen Geschmack, der so lange auf der Zunge knistert. Und doch webte die Vorstellung dieser einen, ganz besonderen Frau ein Gespinst wahnwitziger Sehnsüchte um meinen Verstand. Ich empfand, was auch Anna in all ihrer Unschuld empfunden hatte – so eindringlich, so ansteckend war ihre rauschhafte Schilderung gewesen.

In meiner Kammer angekommen, verriegelte ich hinter mir die Tür. Ich warf kaltes Wasser aus der Waschschüssel in mein Gesicht, und als das nichts half, steckte ich den ganzen Kopf hinein. Um mich herum erstarben alle Geräusche, als das Wasser meine Ohren versiegelte. Ich hielt die Luft an, öffnete meine Augen und blickte träumend in die Dunkelheit des Wasserbottichs.

Das Tosen der ersten großen Ozeane. Neues Leben in der Tiefe, schweigend in düsterer Schwere.

Ich wiegte meinen Kopf träge im Wasser hin und her. Zu Sinnen kommen, zu Sinnen kommen! Sah den Schatten des Porzellanbodens unter mir. Sah mal rechts, mal links das helle Rund des Schüsselrandes.

Sah von unten durch die zitternde Oberfläche ein Gesicht, das sich neben mir über die Schüssel beugte. Verzerrt, verformt, von braunem Haar umrahmt.

In einem Bogen aus glitzernden Wasserkristallen warf ich den Kopf zurück, sog begierig die Luft ein wie ein Kind die Milch der Mutterbrüste. Atmete schwer ein und aus, versuchte, wieder zu mir selbst zu finden. Die Milch der Mutterbrüste. *Ihre* Brüste. Ich sah sie vor mir, wollte sie fassen, streicheln, an meinen Wangen spüren.

Ich riss die Augen auf und schaute mich um. Niemand war im Zimmer außer mir selbst. Niemand stand neben mir. Ihr Gesicht, nur ein Traum. Ein Gedanke, der auf der Oberfläche der Wirklichkeit einen Schatten warf. Ein Spiegelbild meiner Wünsche.

Ich war verrückt, verrückt nach ihr, einem Traumgespinst. Erwog sogar, den Kopf noch einmal in die Schüssel zu tauchen, nur um die Vision ein weiteres Mal herbeizulocken, nur um sie wiederzusehen.

Stattdessen aber griff ich nach einem Handtuch, rieb mein Haar trocken, so kräftig, bis es auf der Kopfhaut schmerzte, viel fester als nötig. Obwohl sich meine Verwirrung klärte, konnte ich die Erscheinung – meine und auch Annas – nicht aus meinem Kopf verbannen. Ich fürchtete und hoffte zugleich, sie würde nun für immer dort bleiben, stets an meiner Seite, immer einen schmalen Grat aus Wahnsinn entfernt. Meine Gedanken tasteten nach ihr, selbst wenn ich sie auf andere Dinge richtete. Ich warf mich aufs Bett und zählte bis hundert, rezitierte Gedichte, setzte unsinnige Briefe an meinen Bruder auf: *Lieber Christian, du hattest Recht, die ganze Zeit Recht – ich habe meinen Glauben wiedergefunden.* Glauben an was? An den Rockschoß einer Frau, an den Geruch ihres Geschlechts.

Ich war nahe daran, zu verzweifeln, vor Panik und vor unterdrückter Lust, als mich der Schlaf überkam. Und mit dem Schlaf nahm ihr Schatten Gestalt an, gewann ihr Spiegelbild an Form. So kam sie zu mir. Endlich, endlich: sie!

Sie saß auf meinem Schoß, ihr Gesäß ganz warm auf meinen Schenkeln. Mein Kopf lag über ihren Brüsten, die Stirn an die kleine Senke unter ihrem Hals gepresst. Träumend schaute ich an ihr hinab, an einem Leib wie aus Elfenbein, betrachtete ihre hellbraunen Brustwarzen, die zart an meinem Körper rieben, die unmerkliche Kontur ihres Bauches und das Vlies aus dunklem Haar, das zwischen ihren geöffneten Schenkeln zu einem Dreieck auslief; es erinnerte mich an die Drachen, die ich am Himmel erblickt hatte, ebenso mysteriös und voll schlichter Majestät. Hätte ich aufgeschaut, so hätte ich ihr Gesicht gesehen, doch ich hatte Angst davor. Nicht vor der Blindheit im Angesicht des Göttlichen, nein, nur dass sie sich wie ein Geist in Luft auflösen könnte. Und wie wunderbar war doch das, was sie mir zu sehen gestattete, die Scham der Heiligen Jungfrau, den Drachen am Horizont.

Warm und stumm und schön saß sie da auf meinen Schenkeln, zog mich tiefer in ihre Umarmung. Mir war zum Weinen zu Mute, weil ich ihr nie würde sagen können, wie schön sie war, wie unfassbar schön, denn ich hatte keine Stimme in diesem Traum, so wie auch sie keine hatte. Dann dachte ich: Aber du weinst doch, da, horch nur! Du weinst!

Doch nicht ich war es, der weinte. Es war ein kleines Mädchen, seltsam hallend und geisterhaft. Und obgleich ich es nicht sehen konnte *(der Drache, sah nur den Drachen)*, wusste ich, dass es ganz in der Nähe war. Keine anderen Laute, keine Stimmen. Nur ihr leises, trauriges Schluchzen.

Die Begierde hämmerte in meiner Brust so heftig wie ein zweites Herz. Meine Hände tasteten und entdeckten, umfassten die Rundungen ihres Hinterteils, klommen daran empor, irrten über ihren Rücken, gruben sich in ihr langes Haar. Ich konnte sie riechen, den heißen Duft, der zwischen ihren Schenkeln emporstieg wie ein arabischer Dschinn aus dem Gefängnis seiner Flasche, lauthals triumphierend und mit einer Macht, gegen die es keine Gegenwehr gab.

Ganz schwach war ich in ihren Armen, wie bei all den anderen Frauen, die ihr vorausgegangen waren, doch bei keiner war ich so hilflos und dabei so glücklich in meiner Niederlage gewesen. Ich war ihr ausgeliefert, ihrer schmerzvollen Anmut, dem Brennen ihrer Haut an meiner, den seidigen Spitzen ihrer Scham auf meinen Schenkeln. Ich bäumte mich auf, ihr mit aller Kraft entgegen, doch sie fing die Bewegung mit ihrem Körper auf, ein wellenförmiges Schlängeln, mit dem sie meinem Drängen auswich, mich neckte und lockte und zugleich zu größerer Mühe reizte.

Ich dachte nur: Sie ist zu schön für mich. Der einzige sachliche Gedanke, den ich fassen konnte: viel zu schön! Ihr Schoß war offen und weich, ein rosiges Portal inmitten des dunklen Flaums. Stumm schien er nach mir zu schreien, doch als ich versuchte, in sie einzudringen, ließ sie es nicht zu. Ich beugte den Kopf weiter nach unten, bis mir der Nacken schmerzte, halb wahnsinnig vor Begehren, und umschloss ihre Brustwarzen mit meinen Lippen, umspielte sie mit der Zungenspitze, während sie sich enger an mein Gesicht drängte, sich heftig an mir rieb. Ihre Hände wanderten tiefer, streiften meinen Bauch, kletterten wieder höher hinauf, über Schultern und Hals, bis sie meinen Hinterkopf umfassten.

Irgendwann überschritt ihre Leidenschaft den Gipfel, und ihr Abstieg wurde für mich zum haltlosen Sturz ins Leere. Es war wie ein heißer Quell, der plötzlich versiegte, während ich noch immer versuchte, darin unterzugehen. Sie wurde ganz ruhig in meinen Armen, saß mit einem Mal still, erwiderte nichts mehr auf mein verzweifeltes Drängen. Unsere Körper klebten schwitzend aneinander, und ich dachte, sie darf jetzt nicht aufhören! Darf doch jetzt nicht aufhören! Aber sie kümmerte sich nicht mehr um mich, legte nur eine Hand unter mein Kinn, um mein Gesicht zu heben, dem ihren entgegen, der Enthüllung ihres Antlitzes.

Doch als ich aufblickte, fiel mir die Flut ihres dunklen Haars entgegen, und ich sah nichts mehr, nur Dunkelheit, nur wirre Finsternis, und da wurde sie wieder zu dem Schatten, aus dem sie emporgestiegen war, der Drache, der höher in den Himmel schwebt, während der Träumer achtlos am Boden zerschellt.

Als ich erwachte, fand ich mich zusammengerollt im Bett, die Laken durchgeschwitzt, mein Gesicht im Menschenhaar der Puppe vergraben.

15

„Die Evangelisten scheinen Maria nie allzu ernst genommen zu haben«, sagte der Abbé am nächsten Morgen. »Markus etwa, der das früheste Evangelium verfasste, beschreibt weder die Verkündigung einer jungfräulichen Empfängnis noch die Geburt des Heilands. Alles in allem erwähnt er Maria nur zweimal, beide Male im Zusammenhang von Reden, in denen Jesus sich scharf von seiner irdischen Familie lossagt.«

Wir wanderten gemeinsam am Rande der Felder entlang, die sich jenseits der Stadtgrenze nach Westen erstreckten. In einiger Entfernung, jenseits einer sanften Erhebung, lag das weite Heideland mit seinen tückischen Sumpflöchern. Der Wind trug Laub und den erdigen Geruch der Moore herüber.

Der Abbé hatte meine Einladung zu einem Spaziergang nur zu freudig angenommen, ohne meinen Besuch von vor zwei Tagen mit einem einzigen Wort zu erwähnen. Meine Trunkenheit war mir immer noch peinlich, und ich vermied jedes Wort darüber. Nicht einmal eine Entschuldigung brachte ich über die Lippen. Der Abbé schien auch keine zu erwarten.

»Erst Matthäus, der zweite Evangelist, spricht von ungewöhnlichen Vorgängen rund um die Empfängnis. Demnach plante Joseph nämlich, seine Braut Maria zu verlassen, als er bemerkte, dass sie auf unerklärliche Weise schwanger geworden war. Da erschien ihm, und nicht etwa Maria, ein Engel, der kundtat, das Kind stamme vom Heiligen Geist. Joseph, durch und durch fromm, war daraufhin von der Treue seiner Verlobten überzeugt und blieb bei ihr.«

»Wie edel«, bemerkte ich kopfschüttelnd.

»Nicht wahr?« Der Abbé kicherte. »Ja, ja, es waren wundersame Zeiten damals, bevölkert von gläubigen Menschen! Erst Lukas versuchte, der Mutter des Messias in seiner Darstellung ein wenig gerechter zu werden. Bei ihm ist sie selbst es, der der Engel die Botschaft verkündet. Sie wissen schon: ›Gebenedeit bist du‹ und so weiter ...«

Ich nickte stumm.

»Auf jeden Fall verlieh Lukas Maria ein gewisses Gewicht, machte sie manchmal gar zum Mittelpunkt des Geschehens. In Anbetracht der damaligen Zeiten war das gewiss ein Wagnis. Doch auch Lukas verliert sie schließlich aus den Augen, zu einem Zeitpunkt, wenn ich mich recht erinnere, als Jesus zwölf Jahre alt ist und sich zum ersten Mal öffentlich von seiner Familie distanziert – vor voll besetztem Tempel. Ein freches Bürschchen, das muss man sagen!« Der Abbé lachte leise, und es klang so trocken wie das Laub unter unseren Füßen. »Der letzte Evangelist, Johannes, schlug abermals einen anderen Weg ein. Er erwähnt Maria erst in seiner Schilderung der Hochzeit zu Kana – Wasser zu Wein, daran erinnern Sie sich bestimmt –, wo sie den Platz an Jesu Seite einnimmt. Später taucht sie dann noch einmal am Kreuz ihres Sohnes auf, als er sie seinem Jünger Johannes anvertraut. Sie sehen, mein Freund, eigentlich gab es nie besonderen Anlass, Maria jene Verehrung angedeihen zu lassen, mit der man sie später bedacht hat. Überhaupt wäre Christus selbst solch ein Kult niemals recht gewesen. Zum Beispiel erzählt Lukas von einer Episode, in der eine Frau Jesus während einer Predigt zuruft: ›Selig ist der Leib, der dich getragen hat, und die Brüste, die du gesogen hast‹, woraufhin der Heiland sie zurechtweist: ›Selig sind jene, die das Wort Gottes hören und bewahren.‹ Das hat er zwar recht einfühlsam formuliert, aber der Widerspruch ist nicht zu überhören.«

»Wie kommt es dann, dass die Kirche der Mutter Gottes heute solch eine Stellung einräumt?«

»Nur die katholische Kirche, das sollten Sie nicht vergessen. Unsere lutheranischen Freunde sind da ganz anderer Ansicht. Der Stellenwert Marias war nie unumstritten.«

»Sie sind ein katholischer Geistlicher, und trotzdem machen Sie solche Zugeständnisse. Ist das nicht ungewöhnlich?«

»Oh, verstehen Sie mich nicht falsch. Wir Katholiken sind im Recht, und die Lutheraner im Unrecht, daran besteht für mich gar kein Zweifel. Aber im Gegensatz zu unserem guten Pater Limberg versuche ich, auch was diese Dinge angeht, einen klaren Kopf zu bewahren.«

»Dafür hätte man sie in früheren Zeiten sicher einen Weisen genannt.«

Er sagte nichts darauf, lächelte nur geschmeichelt.

»Sie haben mir meine Frage noch nicht beantwortet«, erinnerte ich ihn. »Wie kam es schließlich zum Marienkult, wie wir ihn kennen?«

»Ich bin Priester, und ich fürchte, ich müsste Ihnen jetzt eigentlich eine lange Predigt halten.«

»Wie wär's stattdessen mit der Wahrheit?«

Wieder kicherte er. »Ach, die Wahrheit! Die ist so spröde und, verzeihen Sie, unromantisch. Vielleicht wissen Sie ja, dass schon unsere heidnischen Ururgroßväter eine Art Muttergottheit angebetet haben, die Welt in Gestalt einer Frau, die die Menschheit aus ihrem Schoß gebiert. Das ist ein uraltes Bild, und eines, auf das auch die christlichen Missionare stießen, als sie ausschwärmten und durch die Wälder der Barbaren zogen. Sie erkannten schnell, dass sie die heidnischen Stämme nur durch eine List für die neue Religion gewinnen konnten. Wenn ich mich recht erinnere, war es im vierten oder fünften Jahrhundert, als man beschloss, den uralten Mutterkult der Heiden in neuer Form der christlichen Lehre einzuverleiben. Die nahezu in Vergessenheit geratene Jungfrau Maria wurde abgestaubt und flugs ans Licht gezaubert, als eine Art Zugeständnis an die Angehörigen des alten Glaubens. Eine Rechnung, die, wie wir wissen, bald schon aufging: Heidnische Rituale wurden nahezu unverändert von der christlichen Kirche übernommen und ohne viel Aufhebens auf Maria übertragen.«

»Dann schlüpfte Maria sozusagen in die Rolle der alten Muttergottheit?«

»So ist es. Die Verfasser der apokryphen Evangelien – das sind volkstümliche Schriften, die zwar nie in die Bibel aufgenommen wurden, vielen Christen aber als ebenso wertvoll erscheinen – machten es sich zur Aufgabe, das Marienbild auszuschmücken. Bei ihnen war auch zum ersten Mal vom Wunder der jungfräulichen Zeugung die Rede.«

»Wie bei Hera, der Gattin des Zeus«, sagte ich nachdenklich und recht froh darüber, irgendetwas zu dem Gespräch beitragen zu können. »Auch ihr hat man nachgesagt, dass sie die Kraft besäße, jedes Mal, wenn ihr Mann ihr beigelegen hatte, ihre Jungfräulichkeit wiederherzustellen.«

»Gewiss eine Fähigkeit, um die sie manch unglückliches Töchterlein beneiden würde, nicht wahr, mein Freund?« Der Abbé stieß ein gackerndes Lachen aus. »Auf jeden Fall besaß Maria im fünften Jahrhundert einen festen Platz in der Liturgie. Feste zu ihren Ehren wurden eingeführt, ebenso Gebete, in denen sie um Beistand angefleht wurde. Man weihte ihr die ersten Kirchen und gestattete, ihre Abbilder zu küssen.«

Ich horchte auf. »Es ist erlaubt, ein Bild der Mutter Gottes zu küssen?«, fragte ich zweifelnd. »Ist das Ihr Ernst?«

»Aber ja doch! In den südlichen Ländern ist das gang und gäbe. Reisen Sie nach Italien, mein Freund, und Sie werden erleben, dass die Gläubigen den Marienstatuen die Füße, Hände und sogar den Mund küssen. Und niemand nimmt Anstoß daran.«

»Aber verstößt das nicht gegen die Gesetze der Keuschheit?«, fragte ich verwundert.

»Die Jungfrau Maria gilt als tugendhaft und rein, ohne jede Einschränkung. Sie ist, so will es die Kirche, nie durch einen einzigen unzüchtigen Gedanken befleckt worden. Sie allein darf bedenkenlos einen Kuss empfangen, ohne dass er als etwas anderes als eine Ehrenbezeugung angesehen werden könnte.«

Bald darauf nahm ich Abschied vom Abbé.

Während der folgenden Stunden ließ mich ein Gedanke nicht mehr los: War es möglich, dass ich mich derart von Anna angezogen fühlte, dass ich sie in meinen Träumen mit der Jungfrau Maria gleichsetzte? War es in Wirklichkeit Anna selbst, die ich begehrte?

Ich fand keine aufrichtige Antwort auf diese Frage, und vielleicht wollte ich das auch gar nicht. Ich verdrängte sie, so wie ich die Erlebnisse der Nacht verdrängt hatte. Mein Leben lang hatte ich alles Unliebsame weit von mir geschoben: den Tod meiner geliebten Sophie, die Trennung von Auguste, die Tatsache, dass meine eigenen Geschwister in mir nichts als einen Versager sahen, den ewig Unterlegenen. Überdies hatten meine Dichtungen, abgesehen von ein paar glücklichen Ausnahmen, wenig Resonanz erfahren, und seit Monaten schon fühlte ich mich ganz und gar unfähig, irgendetwas von Wert zu Papier zu bringen.

Doch all das überspielte ich vor der Welt und besonders vor mir selbst. Nichts ist wahr, das ich nicht wahrhaben will! Ich ging nicht so weit, dies zur allgemeinen Philosophie zu erheben, doch auf mich traf es ohne Zweifel zu. Nichts ist wirklich, das nicht wirklich sein soll!

Nichts ist wirklich!

16

Anna spuckte Blut, spie es in braunroten Fäden über das weiße Laken. Ich tupfte ihr mit einem feuchten Tuch über den Mund und bestaunte in einer absurden Anwandlung das ungewohnte Rot ihrer Lippen.

»Es ist nichts«, brachte sie stockend hervor und atmete ein paarmal tief durch. »Das passiert manchmal. Ziemlich oft sogar. Machen Sie sich keine Sorgen. Das ist völlig normal.«

»Völlig normal, hm?« Nachdem ich ihr Gesicht und ihren Hals gereinigt hatte, versuchte ich, das Blut von der Decke zu reiben, doch stattdessen schmierte ich die Flecken nur noch breiter. »Ich rufe am besten Ihre Schwester.« Damit wollte ich zur Tür gehen.

»Nein!«, fuhr sie auf. »Tun Sie das nicht! Sie musste schon heute Morgen das Laken wechseln.«

»Dann wird sie es eben ein zweites Mal tun.«

»Nein, bitte! Sie verabscheut mich auch so schon genug. Ich will es ihr nicht noch schwerer machen als nötig.«

»Es ihr schwerer machen?«, rief ich gereizt. »Liebe Güte, Anna! Gertrud wird vom Abbé dafür bezahlt, dass sie Ihnen hilft!«

Plötzlich stand eine einzelne Träne in ihrem rechten Auge. »Aber es geht mir doch gut. Es … es war nur wegen des Hahnenschreis.«

»Wie meinen Sie das?«, fragte ich und trat zurück an den Rand ihrer Korbkrippe.

»Lassen Sie nur«, sagte sie schwach. »Mir fehlt nichts.«

»Erklären Sie mir, was Sie damit gemeint haben.«

»Nur, dass Sie Gertrud in Ruhe lassen sollen.«

»Unfug!«, entgegnete ich wütend. »Sie haben wieder von diesem Hahnenschrei gesprochen.«

Sie stieß einen tiefen Seufzer aus und rieb die Träne auf ihrer Wange am Kissen ab. »Ich muss manchmal Blut spucken, wenn ich ihn höre.« Nun klang sie fast trotzig. »Sind Sie jetzt zufrieden?«

Es war zum Haareraufen. »Anna, es ist heller Nachmittag, da schreien keine Hähne. Und selbst wenn, würde es nicht das Geringste bedeuten. Ein Hahn ist ein Hahn und kein Drache!«

Krähen Hähne wirklich nur am Morgen, wie man es ihnen gemeinhin nachsagt? Ich hatte nicht die leiseste Ahnung. Es war einfach das erstbeste Argument, das mir einfiel.

»Ich dachte, Sie glauben mir«, sagte sie traurig.

Ich ließ mich wieder auf dem Hocker nieder und streichelte sachte ihren Arm. »Ich glaube an Ihre Erscheinungen, Anna. Das ist ein schöner Fortschritt, oder?« Ich rang mir ein aufmunterndes Lächeln ab, doch es wollte nicht auf sie überspringen. »Was aber den Drachen angeht, den mit den sieben Köpfen … Ich bin nicht so sicher, ob …«

»Ich *höre* ihn, und wenn Sie nur einmal den Versuch machen würden, würde es Ihnen genauso gehen.«

»Und wennschon. Dann ist es eben ein Hahn irgendwo in der Nachbarschaft. Ich meine, wir sind hier auf dem Land!«

Sie schüttelte den Kopf, viel zu heftig, als dass es ihr keine Schmerzen bereitet hätte. Sie erduldete die Qual ohne Murren, allein um mich zu überzeugen. »Es gibt in der Nähe keine Hähne. Weiter draußen, am Stadtrand, aber nicht hier. Pater Limberg hat Erkundigungen eingezogen, die …«

»Pater Limberg«, unterbrach ich sie heftig, »ist ein geistloser Fanatiker! Würden Sie ihm erzählen, dass die Menschen in der Nachbarschaft siebenköpfige Drachen auf ihren Hinterhöfen züchten, würde er Ihnen auch das bestätigen. Deshalb ist er Priester geworden. Er verkündet den Menschen das, was sie hören wollen.«

»Sie sind ungerecht.«

»Ich sehe nur deutlich, was hier geschieht. Dieser Pater bringt sie vollkommen durcheinander.«

»Was für ein Zufall, dass er das Gleiche von Ihnen behauptet«, konterte sie lakonisch.

Ich wich ihrem Blick aus und versuchte einen Moment lang, mich zu sammeln. »Lassen Sie uns damit aufhören, bitte.« Tatsächlich reifte ein Plan in meinem Kopf heran, mit dessen Hilfe es mir gelingen mochte, Limberg das Handwerk zu legen. Ich wusste es besser, als Anna dafür um Erlaubnis zu bitten. »Können wir nicht über etwas anderes sprechen?«

»Sicher.« Ihre Züge entspannten sich, wurden weich, beinahe liebevoll. »Ich mag Sie sehr, und ich will nicht, dass Ihr Hass auf Limberg unserer Freundschaft im Wege steht.« Dann sagte sie, ganz ohne Übergang: »Ich möchte Ihnen mehr über die Visionen erzählen. Ich möchte Ihnen gerne alles erzählen.«

Ich beobachtete sie, versuchte, sie ganz neu zu entdecken, ohne die Vorbehalte, die ich bei unserer ersten Begegnung gehabt hatte. Das sollten wir öfters tun, dachte ich, Menschen, die wir zu kennen glauben, noch einmal so betrachten, als sei es das erste Mal.

Annas Lippen waren von ungewohnter Röte, vielleicht weil immer noch ein dünner Blutfilm darüber lag. Ihre leuchtenden blauen Augen lagen im Widerstreit mit ihrem schwächlichen Körper; in ihnen war keine Spur von Krankheit, nur wache Intelligenz. Sie war natürlich zu dünn, fast abgemagert, aber da war etwas an ihr, das ungemein anziehend wirkte, nicht allein die strahlenden Augen, sondern die Leidenschaft in vielem, was sie sagte. Ganz gleich, ob sie von Gott, ihrer Schwester oder den Marienerscheinungen sprach, immer war da eine unnachgiebige Besessenheit in ihrer Stimme. Ich fragte mich, was für eine Frau aus ihr geworden wäre, wenn sie nicht den Weg ins Kloster eingeschlagen hätte. Wie hätte eine Anna ohne ihr Gelübde ausgesehen, wie hätte sie sich verhalten, worüber hätte sie gesprochen?

»Möchten Sie mir von Ihrer Kindheit erzählen?«, fragte ich. »Von Ihren Eltern?«

»Würden Sie gerne etwas über sie hören?«

»Warum nicht?«

»Sie waren Tagelöhner auf den Besitzungen eines Bauern, nicht weit von hier. Wir lebten in einer kleinen Hütte, die nur aus einem einzigen großen Raum bestand. Er war pechschwarz vom Ruß der Kochstelle – die Wände, die Türen, manchmal sogar die Möbel, je nachdem, wie der Wind stand. Der Raum war sowohl Küche als auch Wohnstube. Gertrud, meine Eltern und ich schliefen hinter einigen Bretterverschlägen an der einen Seite, auf der anderen Seite blickte durch eine Öffnung das Vieh aus dem Stall herein.«

Annas Bericht erfüllte mich mit leisem Unbehagen. Ich fühlte keine Schuld, nicht einmal Mitleid, und doch war ich peinlich berührt. Als ob man an einem Bettler vorbeigeht, ohne ihm eine Münze zuzuwerfen, um es zwei Schritte später zu bedauern; doch dann bringt man nicht mehr die Courage auf, zu ihm zurückzugehen. Auch jetzt hätte ich es vorgezogen, schnell in eine andere Richtung zu schauen, doch die Bilder, die Annas Worte in mir heraufbeschworen, ließen das nicht zu.

»Mein Vater war vielleicht kein allzu kluger Mann«, sagte sie, »zumindest nicht in dem Sinne, wie Sie ›klug‹ verstehen würden. Aber er verfügte über einen großen Schatz an frommen Redensarten, und sie bestimmten sein ganzes Leben. So bestand er immer darauf, dass wir morgens als Erste auf dem Feld waren, lange vor Sonnenaufgang. Er sagte, so früh liege noch der erste Segen des Tages auf den Feldern, noch sei keine Sünde begangen, noch kein böses Wort gesprochen worden. Und wenn dann die Dämmerung anbrach und der ferne Kirchturm des Dorfes aus dem Dunst auftauchte, ließ er uns in der Arbeit innehalten und ein Gebet sprechen. Wenn wir Gott sehen können, sagte er immer, dann kann er auch uns sehen und unsere Arbeit segnen.«

»Und Ihre Mutter? War sie genauso religiös?«

»Sie hätten jetzt gerne ›verbohrt‹ gesagt, nicht wahr?«

»Ich ...«

»Hören Sie auf, sich zu verteidigen.« Sie lächelte einfühlsam. »Mutter wollte vor Gott vor allem als brave Haushälterin dastehen, das war für sie das Allerwichtigste. Für sie war kein Schicksalsschlag zu grausam, keine Strafe zu beschwerlich, wenn nur im Haushalt alles seine Ordnung hatte. ›Lieber Gott‹, hat sie oft gebetet, ›schlage so hart, wie du willst, aber schenke mir Geduld.‹« Auf einmal wechselte Anna das Thema, so plötzlich, dass ich einen Moment lang Mühe hatte, ihr zu folgen. »Ich bin eine furchtbare Gastgeberin! Nun sind Sie schon den, ja, den wievielten Tag eigentlich hier? Den fünften, nicht wahr? Und ich habe Ihnen in all der Zeit nicht einmal etwas zu trinken angeboten.«

»Oh«, sagte ich, »ich nehme einen Sherry. Den guten aus Jérez la Frontera, bitte.«

Ich war ziemlich sicher, dass sie nicht verstand, wovon ich sprach, aber sie lachte, und das machte mich glücklich. »Lassen Sie nur«, sagte ich schließlich, »ich bin auch ohne Glas ein ganz passabler Gast.« Ich musste an die leere Flasche denken, die ich auf dem Tisch im Quartier des Abbé hatte stehen lassen. Was hätte Anna wohl gesagt, wenn ich damit zu ihr gekommen wäre und mich hier, gleich neben ihrem Bett, betrunken hätte? Nichts, wahrscheinlich. Hätte nur dagelegen, gelächelt und mich gütig aus ihren sommerblauen Augen angeschaut.

Ihre Arme ruhten verborgen unter dem blutbefleckten Laken. Ich legte vorsichtig meine Hand darauf, fühlte die Wärme, die von ihr ausging, sogar durch den Stoff hindurch, spürte, wie sie an den Härchen auf meinem Arm emporklomm, an den Nervensträngen meinen Hals herauf geradewegs ins Gehirn. Annas Nähe durchströmte mich wie ein Schub fremder, heißer Kraft, ihre Zuneigung, ihr Vertrauen, ihre Hoffnung.

»Darf ich Ihnen noch mehr von Maria erzählen?«, fragte sie zaghaft. »Nur, wenn Sie es wollen. Wenn Sie es wirklich wollen.«

Ich nickte stumm, versank im Ozean ihrer Blicke. Erzähl mir von ihr, dachte ich benommen wie ein Süchtiger. In diesem Moment hätte ich sie angefleht, wenn sie es sich anders überlegt hätte.

Sie neigte den Kopf, schaute mich aufmerksam an. »Es ist Ihnen nicht peinlich?«

»Nein«, erwiderte ich. »Überhaupt nicht.«

»Es ist seltsam, über so etwas zu sprechen, wissen Sie? Vor allem, wenn man vorher noch nicht einmal daran denken durfte.«

»Glauben Sie mir, darüber zu sprechen ist auch dann noch seltsam, wenn man tagtäglich daran denkt.«

Sie schenkte mir ein rätselhaftes Lächeln, blickte dann auf die Blutflecken auf dem Laken. »Sehen Sie nur«, sagte sie und riss die Augen auf, »der Fleck hier, dieser hier, er sieht aus wie …«

»Der Körper einer Frau«, führte ich den Satz zu Ende, vorgebeugt und in die Betrachtung der dunkelroten Formen versunken. »Tatsächlich.«

Sie lachte. »Ach, Sie! Wie Jesus am Kreuz, wollte ich sagen.«

Ich fiel in ihr Lachen mit ein. »*Das* ist mir peinlich!«

»Schauen Sie doch«, sagte sie lächelnd, zog eine Hand

unter dem Laken hervor und deutete auf die Flecken. »Das hier ist der Körper, sogar mit Lanzenstich, ein bisschen groß, vielleicht, und das sind die gespreizten Arme.«

»Und ich dachte, das Gespreizte wären die Beine.«

Sie wurde sehr rot und erschrak, sichtlich im Zweifel, ob wir zu weit gegangen waren. Dann aber brach ein befreiendes Lachen aus ihr heraus. »Ich glaube, jetzt sehe ich, was Sie meinen«, sagte sie und starrte das trocknende Blut an. »Natürlich, es ist eine Frau! Lieber Gott, wie konnte ich das nur übersehen!«

Ich beobachtete sie genau, jede ihrer Regungen. »Seien Sie ehrlich, Sie sehen sie nicht wirklich, oder? Sie schämen sich nur.«

»Aber nein«, protestierte sie übermütig. »Hier, das sind die Beine, Sie hatten ganz Recht, und das hier ist der Oberkörper – man muss es nur andersherum betrachten! Mein Jesus hatte keinen Kopf, aber Ihre Frau hier, die hat alles. Also, die Beine, den Oberkörper ... hm ... dann müssen das die Arme sein, aber sie hat sie zum Himmel gestreckt. Vielleicht betet sie? Das wäre möglich, oder? Aber mit gespreizten Beinen?« Plötzlich kicherte sie wie ein kleines Mädchen, beschämt und doch vergnügt. »Auf jeden Fall ist es *eher* eine Frau als ein Gekreuzigter.«

Nach einer Weile, in der wir einander ansahen, ohne ein Wort herauszubringen, fragte sie: »Soll ich jetzt anfangen? Mit dem Erzählen, meine ich.«

»Wann immer Sie möchten.«

Sie saß mit aufrechtem Oberkörper im Bett, zwei dicke Federkissen zwischen Rücken und Wand. Langsam veränderte sie ihre Position, nur ein wenig, und wollte beginnen, als es unvermittelt an der Tür klopfte. Wir schauten uns erschrocken an. Keiner von uns hatte Schritte auf der Wendeltreppe gehört.

Der Besucher wartete nicht erst, bis Anna ihn hereinbat. Die Tür ging auf, und herein kam Pater Limberg, rotgesichtig, aufgebracht, schaute erst Anna an, dann das Blut auf ihrer Decke und fixierte dann mich mit einem vernichtenden Blick.

Er hat zugehört, durchfuhr es mich. Er hat die ganze Zeit an der Tür gelauscht!

Falls er es wirklich getan hatte, verlor er kein Wort darüber. Stattdessen trat er schweigend neben mich, ging vor der Korbkrippe in die Knie, senkte die geschlossenen Augen zum Boden und begann mit gefalteten Händen zu beten; im ersten Moment sah es aus, als würde er Anna huldigen. Ich warf ihr einen prüfenden Blick zu, doch sie beachtete mich nicht, schaute nur mit rasendem Atem und bebender Brust auf den Pater.

Limberg murmelte die Verse seines Gebetes herunter, ohne dass ich ein einziges Wort verstanden hätte. Nachdem er geendet hatte, stand er wieder auf und erwartete wohl, dass ich den Hocker für ihn räumte. Als ich keine Anstalten machte und auch seinen Blick mit gespielter Ruhe erwiderte, schnaubte er verächtlich und wandte sich an Anna.

»Ich muss protestieren«, platzte er wütend heraus. »In allerschärfster Form muss ich protestieren!«

»Was ist denn passiert?«, fragte ich mit Unschuldsmiene nach.

»Was passiert ist? Herrgott, Sie haben die Unverfrorenheit, das zu fragen?« Er beugte sich vor, und einen Augenblick lang sah es aus, als wollte er ausholen und mir einen Schlag ins Gesicht verpassen. »*Sie* sind passiert, Brentano!«

»Sie enttäuschen mich, Pater«, gab ich ruhig zurück. »Nach Ihrem Besuch im Gasthof nahm ich an, dass Ihnen mehr einfallen würde als ein paar Floskeln.« Und das war die Wahrheit: Ich hatte tatsächlich befürchtet, er würde subtiler zu Werke gehen. Aber nach fünf Tagen, in denen er meine Anwesenheit murrend toleriert hatte, war ihm nun offenbar der Kragen geplatzt. Ich machte kein Geheimnis aus der Genugtuung, die ich angesichts seiner Aufregung empfand.

Dann aber, zu meinem jähen Schrecken, sagte Anna leise: »Vielleicht ist es besser, wenn Sie jetzt gehen.« Ein Blick in ihre traurigen Augen, und ich wusste, dass die Worte tatsächlich an mich gerichtet waren.

»Meinen Sie das ernst?«

»Sie haben sie doch gehört«, zischte Limberg, auf einen Schlag viel ruhiger geworden. Der Triumph in seinem Blick tat weh, doch nicht so sehr wie mein stummes Eingeständnis, dass ich das Band zwischen Anna und mir überschätzt hatte. Limbergs Macht war ungebrochen.

Mit einem Ruck stand ich auf. »Sie sollten sich das nicht bieten lassen«, sagte ich zu Anna. »Er ist Ihr Beichtvater, nicht mehr. Sie müssen nicht tun, was er von Ihnen verlangt.«

Limberg funkelte mich finster an. »Sie sind nur zu Gast in diesem Haus, Brentano. Es ist längst an der Zeit, dass Sie Dülmen verlassen.«

»Ist das auch Ihr Wunsch?«, fragte ich Anna.

Sie schloss die Augen, ihre Stimme war sehr leise. »Ich möchte, dass Sie jetzt gehen. Alle beide.«

Limberg wollte überrascht widersprechen, doch da legte ich ihm schon meine Hand auf den Unterarm. »Nun kommen Sie schon!«

Anna nickte erschöpft. »Tun Sie, um was ich Sie gebeten habe. Ich brauche jetzt ein wenig Ruhe.«

Ich schaute Limberg an, wies dann zur Tür. »Bitte, nach Ihnen.«

Ein wütendes Beben durchlief seinen Körper. »Sehen Sie denn nicht«, presste er hervor, »dass sie gleich in eine Ekstase fallen wird?«

»Anna war die ganze Zeit vollkommen ruhig. Bis Sie kamen.«

»Aber schauen Sie doch hin!«

Unsicher geworden betrachtete ich Annas Gesicht. Schweißperlen glitzerten in ihren dunklen Brauen, rollten über ihre geschlossenen Augenlider. Ihre Lippen standen einen Spalt weit offen, und ich sah, dass ihre Zunge dahinter zitterte, als würde sie vergeblich versuchen, Worte zu formen. Der Verband um ihre Stirn hatte sich zartrot gefärbt, und plötzlich trat ein Blutstropfen unter dem Rand hervor, lief in einen Augenwinkel und von dort aus weiter an ihrer Wange herab, eine einzelne blutige Träne.

Da ertönte hinter unseren Rücken eine Stimme: »Sind Sie schwerhörig? Verschwinden Sie endlich!«

Gertrud stand in der offenen Tür, aufgeplustert wie eine wütende Glucke, bereit, ihre Brut mit aller Kraft zu verteidigen.

»Sie können nicht …«, wollte Limberg protestieren, doch

da drängte sich die Frau bereits grob zwischen uns hindurch und baute sich vor Annas Lager auf. Sie fühlte die bandagierte Stirn ihrer Schwester, sorgenvoller, als ich es ihr je zugetraut hätte, tastete nach Annas Puls und zählte stumm.

Als ich schon glaubte, sie hätte uns völlig vergessen, wirbelte sie plötzlich herum. »Um Gottes willen, Sie sind ja immer noch hier!« Und an den sprachlosen Limberg gewandt, setzte sie hinzu: »Hauen Sie ab! Auf der Stelle!«

Aus meiner Starre erwacht, nickte ich ihr fahrig zu, warf einen letzten Blick auf Anna, deren Brust sich immer schneller hob und senkte, dann packte ich Limberg am Arm und zog ihn achtlos die Treppe hinunter ins Freie.

Im Hinterhof des Bäckerhauses ließ ich ihn stehen, lief hinaus auf die Straße und machte erst wieder Halt, als über mir die Messingtafel eines Wirtshauses schaukelte.

Stundenlang saß ich im Schankraum, allein an einem Ecktisch, leerte Glas um Glas, bis vor den Fenstern die Nacht anbrach.

Es war stockdunkel, als ich die Wirtschaft verließ. Die Geräusche der übrigen Zecher klangen mir noch in den Ohren, als die Tür schon hinter mir zugefallen war. Ihre Gespräche, Gesänge und tumben Scherze schienen mir zu folgen wie das Nachglühen der Sonne, wenn man zu lange hineingeschaut hat.

Mein Plan stand fest, und ich brannte darauf, ihn in die Tat umzusetzen. Mit gesenktem Blick starrte ich beim Gehen auf eine Zeile von Pflastersteinen vor meinen Füßen, um trotz meiner umnebelten Sinne nicht zu schwanken. Es gelang mir nicht allzu gut. Jeder musste schon von weitem erkennen, wie es um mich stand.

Ach was!, schrie es in mir. Was kümmert es dich? Sollen sie doch denken, was sie wollen!

Es war nicht weit bis zum Haus des Bäckers. Der Nachtwächter entzündete gerade eine Laterne und sagte seinen schlecht gereimten Spruch auf. Bald elf Uhr. Ich zog mich in den Schatten eines Hauseingangs zurück, wartete, bis der Mann weitergegangen war, und eilte dann durch das offene Tor auf den Hinterhof. Nirgends brannte Licht. Ich blickte hinauf zum Fenster von Annas Eckzimmer, oberhalb des Verandadaches. Es stand einen Spalt weit offen, wie immer, wenn Doktor Wesener nicht da war. Der Raum dahinter lag in völliger Dunkelheit.

Der Hof schien unter meinen Füßen zu schwanken, und so war ich beinahe erleichtert, als ich an einem der Dachträger emporkletterte. Die Balken waren mit grobem Schnitzwerk verziert, das Händen und Füßen guten Halt gab. Schon Augenblicke später stieg ich über die Holzrinne auf das Vordach. Es war geteert, meine Füße verursachten kaum einen Laut.

Niemand schlug Alarm, als ich mich dem offenen Fensterspalt näherte. Davor ging ich in die Hocke, damit mich von innen keiner bemerkte. Ich musste mich ein wenig vorbeugen, bis ich Anna unterhalb des Fensterbretts erkennen konnte. In der ersten Sekunde glaubte ich, sie sei wach; sie lag genauso da wie am Tag, mit aufgerichtetem Oberkörper, die Arme zu beiden Seiten ihres Körpers ausgestreckt. Ihre Augen waren geschlossen, ihr Atem ging sanft und regelmäßig. Einen Moment lang verlor ich bei ihrem Anblick fast den Mut, so friedlich wirkte sie, schlummernd in gutgläubigem Gottvertrauen.

Unendlich langsam schob ich das Fenster nach innen. Die Scharniere gaben nach, ohne jedes Knarren. Lautlos schwang das Fenster nach innen, über Anna in ihrem Bett hinweg. Ich war so angespannt, dass ich fürchtete, der huschende Schatten des Rahmens könnte sie aufwecken. Doch Anna rührte sich nicht.

Obwohl alles in mir danach schrie, mein verrücktes Vorhaben aufzugeben, richtete ich mich vor dem Fenster zu voller Größe auf, stützte mich auf den Rand und schwang das rechte Bein in weitem Bogen ins Innere. Die Korbkrippe war nicht breit, es bereitete keine Mühe, darüber hinwegzusteigen. Allerdings hatte ich nicht bedacht, dass der Boden der Kammer tiefer lag als das Vordach. Mein Bein war zu kurz, um die Dielen zu erreichen, mein Fuß tastete ins Leere.

Der Anblick, den ich bot, war zweifellos grotesk: Rittlings auf dem Fensterbrett sitzend, ein Bein im Freien, eines lang ausgestreckt über der schlafenden Anna. Zu spät, um jetzt noch umzukehren. Ich hatte mich zu weit vorgebeugt, hielt mit Mühe mein Gleichgewicht und hätte mein Bein nicht zurückziehen können, ohne mich auf dem Bett abzustützen. Mir blieb also nur der Weg nach innen.

Ich biss die Zähne aufeinander, schloss die Augen und ließ mein Bein mit einem Ruck über den Korbrand kippen. Mein Fuß berührte den Boden! Dafür geriet jedoch mein Oberkörper ins Schwanken, ich verlor meinen Halt auf dem Vordach, fing mich in letzter Sekunde mit den Händen ab, spürte aber, dass ich dennoch fallen würde, geradewegs auf Anna!

Ohne nachzudenken stieß ich mich im Fallen vom Fenster ab, taumelte in bizarrem Spagat über Anna hinweg und polterte eine Fingerbreite neben dem Bett auf die Dielen. Starr blieb ich liegen, wagte nicht, Luft zu holen, horchte auf Annas Atem, auf ein Rascheln, auf irgendeinen Laut.

Sie blieb ruhig, atmete in gleichmäßigem Rhythmus. Schlief weiter.

Drei, vier Minuten lang lag ich flach am Boden, lauschte in die Stille, wartete auf Gertruds Schritte im Treppenhaus oder das Anschlagen eines Hundes. Erst als mein Herzschlag langsamer wurde und meine Sinne sich ein wenig klärten, erhob ich mich lautlos, schob das Fenster wieder in seine alte Position und betrachtete im Dunkeln Annas Gesicht.

Gertrud hatte ihren Stirnverband gewechselt, ebenso das Laken. Falls es im Haus tatsächlich kein Verbandszeug gab, musste sie losgelaufen sein, um welches zu besorgen. Das passte überhaupt nicht zu dem Bild, das ich mir von Gertrud gemacht hatte.

Annas Züge waren entspannt, Augen und Mund fest geschlossen. Sie wirkte ruhig, aber auch sehr verletzlich. Mitleid packte mich, und ich verspürte den heftigen Drang, ihre bleichen Wangen zu streicheln. In mir war plötzlich eine Zärtlichkeit, die selbst den schwarzen Abgrund, den der Branntwein in mein Denken gerissen hatte, mit Sinn erfüllte.

Nein, schalt ich mich, du darfst sie nicht wecken. Darfst es nicht! Sonst wirst du nie erfahren, was hier vorgeht.

Widerwillig riss ich mich von ihrem Anblick los – viel zu schnell, denn abermals wurde ich von Schwindel ergriffen und kämpfte um mein Gleichgewicht. Der Alkohol besänftigte meine Sorgen. Nichts war wirklich so schlimm, wie es aussah. Nicht meine Trunkenheit, nicht mein Einbruch in ein fremdes Haus. Nicht der Grund meines Hierseins. Alles nicht schlimm.

Die wenigen Schritte bis zur Kleidertruhe an der Seitenwand schaffte ich ohne ein Geräusch. Auf dem Deckel stand eine leere Vase. Ich hob sie vorsichtig herunter und stellte sie vor der Truhe auf die Dielen. Dann klappte ich den Deckel nach oben, erst nur ein Stück, um zu horchen, ob die Angeln knirschten. Sie blieben still. Das Innere der Truhe war gänzlich von Schatten verhangen. Ich musste hineingreifen, um zu erkennen, dass sie wie erwartet leer war. Nur unten auf dem Truhenboden ertastete ich Stoff, hob ihn hoch: Annas alte Nonnenkluft.

Hinter mir regte sich etwas, ein leises Knistern ertönte. Alarmiert schaute ich mich um. Anna bewegte sich zaghaft unter dem Laken, ohne die Augen aufzuschlagen. Ich erstarrte, atemlos. Erst nach einer Weile, als ich sah, dass sie weiterschlief, kletterte ich ins Innere der Truhe und ging in die Knie. Sie bot genug Platz, um sie zu schließen und dabei den Oberkörper aufrecht zu halten. Ich knüllte einen Zipfel des Nonnengewandes zusammen und blockierte damit den Deckel; er stand nun einen Spalt weit offen, halb so breit wie mein kleiner Finger. Weit genug, um hindurchzuschauen.

Anna schlief weiter, ohne sich noch einmal zu regen. Der Schlag meines Herzens schien mir verräterisch laut, doch nach einer Weile wurde ich ruhiger. Was, wenn in dieser Nacht gar nichts geschah? Wenn ich umsonst in diesem lächerlichen Versteck saß? Vor allen Dingen durfte ich nicht einschlafen. Am Morgen aufzuwachen und den ganzen Tag in der muffigen Kiste zu sitzen, damit niemand meine Schande bemerkte, war eine ernüchternde Vorstellung.

Ich schwitzte, obwohl mir nicht heiß war. Im Gegenteil, je länger ich in der Truhe kauerte, desto stärker begann ich zu frieren. Irgendwann fühlte ich meine Füße nicht mehr. Als ich sie unter mir bewegte, war es, als stäche jemand Nadeln durch meine Fußsohlen. Ich verlagerte mein Gewicht, änderte so leise wie möglich die Stellung, doch kaum waren ein paar Minuten vergangen, begann die Tortur von neuem. Schon verfluchte ich mein unseliges Vorhaben, schob es dem Einfluss des Alkohols zu und erwog sogar, wieder von hier zu verschwinden. Zudem verlor ich das Gefühl für die Zeit.

Nachdem meine Aufregung schließlich nachgelassen hatte, stellte sich Langeweile ein. Die Müdigkeit drohte mich zu überwältigen. Es kostete Kraft, die Augen offen zu halten. Das dunkle Zimmer schien sich um mich zu drehen, und irgendwann hörte ich auf, den Truhenboden zu spüren. Müde, unendlich müde, schwebte ich im Nichts. Mehrfach ertappte ich mich dabei, eingenickt zu sein; ein paarmal stieß ich mir dabei den Kopf am Holz der Kiste.

Stunden mussten vergangen sein, als ich plötzlich vor der Kammertür Geräusche vernahm. Leise, verstohlene Schritte. Jemand kam die Treppe herauf. Das Zischen seines schweren Atems drang bis in mein Versteck.

Die Tür ging auf, ein Schemen huschte herein. Pater Limberg trug seinen Hut und den langen dunklen Mantel, genau wie in jener Nacht, als ich ihn zum ersten Mal vor dem Haus des Bäckers beobachtet hatte. Sorgfältig schob er hinter sich die Tür ins Schloss, legte Mantel und Hut ab und warf sie achtlos über die Kiste. Der schwarze Stoff breitete sich flatternd über den Spalt und versperrte mir die Sicht.

Starr vor Wut und Enttäuschung, aber auch zu müde und betrunken, um auf Anhieb einen klaren Gedanken zu fassen, hockte ich da, konnte nichts sehen und beinahe ebenso wenig hören. Gedämpft drangen Limbergs Schritte an mein Ohr, als er an Annas Bettkante trat, dann vernahm ich dumpfes Murmeln. Ich fluchte im Stillen vor mich hin und tastete vergeblich nach irgendetwas, mit dem ich den Umhang hätte beiseite schieben können, ohne den Deckel zu heben. Vielleicht, wenn ich von unten ein wenig dagegen drückte, den Spalt breit genug machte, um einen Finger hindurchzustecken ... Aber, nein, Limberg würde es bemerken. Er war verblendet, aber nicht blind.

Das leise Murmeln ging weiter, immer wieder von längeren Pausen unterbrochen. Farbige Flecken tanzten vor meinen Augen, während ich verbissen in die Schwärze starrte. Meine Kräfte schwanden dahin und mit ihnen meine Geduld. Wie lange sollte ich noch in dieser Stellung ausharren, ohne einzugreifen? Die Hilflosigkeit machte mich irre! Ich war hergekommen, um zu sehen, ob mein Verdacht gegen Limberg gerechtfertigt war. Ihn aber zu stellen, bevor ich die letzte Gewissheit hatte, wäre Torheit gewesen. Verzweifelt, beschämt, vor allem aber zornig kauerte ich in der Truhe. Doch nicht einmal der Ansturm meiner Gefühle vermochte mich wach zu halten. Schlaf überkam mich wie die tiefste Bewusstlosigkeit.

Ich erwachte von vager Helligkeit. Der schwarze Stoff vor dem Spalt war verschwunden. Durch die offene Ritze sah ich, wie Limberg sich den Mantel über die Schultern warf und seinen Hut aufsetzte. Er hatte eine Kerze entzündet, die auf der Gebetbank neben Annas Bett stand; sie war zur Hälfte heruntergebrannt. Ihr Schein hatte mich geweckt, nicht etwa das Tageslicht, wie ich einen Moment lang befürchtet hatte. Draußen, vor dem angelehnten Fenster, war der Himmel immer noch rabenschwarz.

Anna lag unverändert in ihrem Bett, das Laken bedeckte sie bis zur Brust. Ihre Augen waren geschlossen, sie schien trotz des Lichts zu schlafen. Limberg beugte sich kurz über ihr Gesicht, ich konnte nicht sehen, ob er ihr einen Kuss gab. Zuletzt blies er die Kerze aus. Mit wehendem Mantel ging er an meinem Versteck vorbei und öffnete die Tür.

Ich wollte aufatmen, als er schlagartig herumfuhr. Seine Augen verengten sich. Dann trafen sich unsere Blicke.

Mit plötzlicher Schärfe nahm ich den Alkoholdunst wahr, der mich in der Kiste umwogte. Verräterisch. Ebenso gut hätte mein Rockschoß aus dem Spalt baumeln können.

Limberg machte zwei Schritte auf die Truhe zu. Ich wollte schon aufstehen, um keinen gar so jämmerlichen Anblick zu bieten. Da bückte sich der Pater, hob die Vase vom Boden und stellte sie oben auf den Deckel. Mit einem letzten Blick auf Anna drehte er sich um, verließ die Kammer und zog lautlos die Tür hinter sich zu. Minutenlang saß ich da wie versteinert, während die Erleichterung wie eine warme Woge von meinem Kopf bis hinab in die tauben Fußspitzen floss.

Anna schlug im Dunkeln die Augen auf und sagte: »Sie können jetzt aus Ihrem Versteck kommen, Pilger.«

Meine Erleichterung gefror zu einem Ring aus Eis, der sich wie Ketten um meine Brust legte. Zögernd schob ich den Deckel nach oben. Die Vase fiel um und zerschellte am Boden.

Anna seufzte erheitert. »Sehen Sie nur, was Sie getan haben.«

Stockend richtete ich mich auf. »Und ich dachte, Sie mögen keine Blumen.«

»Das hat Wesener Ihnen erzählt, nicht wahr?« Sie kicherte leise. »Er glaubt, die Blütenpollen sind schlecht für meine Gesundheit.«

»Es tut mir Leid«, sagte ich stockend. »Ich wollte nicht ...«

»Nun kommen Sie doch erst einmal aus dieser dummen Kiste heraus. Und reden Sie leiser. Gertrud hat zwar einen tiefen Schlaf, aber Sie sind laut genug, um die ganze Nachbarschaft aufzuwecken. Um ehrlich zu sein, Sie sind kein besonders guter Einbrecher.«

»In letzter Zeit fehlte es mir ein wenig an Übung.«

Ich trat an ihr Bett und hasste mich für mein Ungeschick, vor allem aber für meine Trunkenheit.

»Sie haben es gut gemeint, ich weiß«, kam sie meiner nächsten Entschuldigung zuvor. »Und jetzt setzen Sie sich, und seien Sie still. Wir wollen hören, ob Gertrud im Haus herumstreift.«

Während ich so dasaß, dabei vor Scham am liebsten im Dielenboden versunken wäre und auf Geräusche im Treppenhaus lauschte, entdeckte ich, dass Annas Kopfverband befleckt war. Sie hatte wieder geblutet, auch an den Händen und Füßen. Sogar das Laken war gerötet. Als ich durchs

Fenster gestiegen war, waren Bandagen und Decke noch sauber gewesen.

Nach einer Weile, in der sie mich eingehend musterte, sagte sie: »Die gute Gertrud. Sie schläft wie eine Tote.«

»Haben Sie etwa die ganze Zeit über gewusst, dass ich in der Truhe sitze?«

»Aber ja doch«, meinte sie schmunzelnd. »Es war gar nicht so leicht, dabei ernst zu bleiben.«

»Warum haben Sie nichts gesagt?«

»Ich nahm an, wenn Sie sich schon die Mühe machen, heimlich durch mein Fenster zu steigen, würden Sie wohl einen guten Grund dafür haben. Ich hatte nicht den Eindruck, dass Sie gekommen waren, um sich zu unterhalten.«

»Sie machen sich über mich lustig.« Aber ich empfand nicht einmal Unmut darüber, so sehr schämte ich mich.

»Nur ein wenig.« Sie unterdrückte ein Lachen, nur um Sekunden später doch noch loszuprusten. »Der arme Pater Limberg! Er gibt sich solche Mühe, mich mit seinem Nachtgebet nicht aufzuwecken.«

»Weiß der Pater«, fragte ich, »dass Sie wissen, dass ...«

»Aber nein!« Sie sah mich an, als hätte ich etwas sehr Dummes gesagt. »Wenn er es wüsste, würde er nicht mehr herkommen. Er ist überzeugt, dass ich meinen Schlaf bitter nötig habe. Er würde mich niemals absichtlich stören.«

»Er kommt wirklich nur, um für Sie zu beten?«

»Was sollte er denn sonst wollen?«

Meine eigene Torheit machte mich ganz krank. Ohne nachzudenken, wählte ich den einfachsten Weg. »Verzeihen Sie mir. Ich habe getrunken. Ich werde ...«

»Bleiben Sie«, fiel sie mir ins Wort. »Bitte.«

»Ich muss entsetzlich riechen.«

»Wir werden einfach das Fenster weiter öffnen.«

Willenlos beugte ich mich über ihr Bett und zog das Fenster auf. »Wie es Ihnen am liebsten ist.«

»Oh, ich bitte Sie, seien Sie doch nicht so verstockt!«, rügte sie mich ungeduldig. »Die Nacht in meiner Kleiderkiste zu verbringen ist keine Todsünde.« Wieder konnte sie ein Kichern nicht unterdrücken. »Aber Pater Limberg wird Ihnen gewiss gern die Beichte abnehmen, wenn Sie ihn darum bitten.«

Ihr Grinsen war ansteckend. Allmählich entspannte ich mich. »*Die* Absolution würde er mir verweigern, fürchte ich.«

»Haben Sie wirklich geglaubt, er tut irgendwelche verbotenen Dinge mit mir?«

»Ich weiß nicht mehr, was ich geglaubt habe.«

»Jetzt schwindeln Sie.«

»Ja, gut, ich dachte, dass er vielleicht nicht ganz der brave Kirchenmann ist, der er zu sein vorgibt. Verärgert Sie das?«

»Wie könnte es mich verärgern, dass Sie sich Sorgen um mich machen?«

»Nun sind Sie schon wieder so verdammt gütig.«

»Verdammt gütig?«, wiederholte sie verdutzt, und in der Tat klang es sonderbar aus ihrem Munde. »Finden Sie nicht auch, dass das ein Widerspruch ist?«

Ich hob abwehrend beide Hände und schüttelte lächelnd den Kopf. »Wenn Sie wie eine Nonne reden, kann ich mich nicht mit Ihnen unterhalten.«

»Wie wäre es Ihnen denn lieber?«

Meinte sie das so neckisch, wie es klang? Ich wurde einfach nicht schlau aus ihr.

»Vielleicht sollten Sie jetzt wirklich schlafen«, sagte ich ausweichend.

»Sie haben doch nicht etwa Angst vor mir?«

»Soll ich aufrichtig sein?«

Sie nickte mit riesengroßen Augen.

»Sie verwirren mich«, fuhr ich fort, barg einen Moment lang das Gesicht in den Händen und schüttelte den Kopf. Als ich wieder aufblickte, schaute sie mich immer noch unverändert an, neugierig und im Dunkeln so mysteriös wie ein Kirchenfresko. »Sie bringen mich durcheinander. Ich meine, ich sitze plötzlich nachts in fremden Kleiderkisten! Glauben Sie mir, das ist nichts, was mir regelmäßig passiert.« Sie lachte leise, ohne mich zu unterbrechen. »Ich weiß nicht, was ich von Ihnen halten soll, Anna. Mal benehmen Sie sich wie eine Heilige, mal wie ein Mädchen, das nichts anderes im Sinn hat, als Männern den Kopf zu verdrehen.«

Sie war nicht schockiert, nur ein wenig verwundert. »Tue ich das wirklich? Ihnen den Kopf verdrehen? Empfinden Sie das so?«

»Da sehen Sie's! Wenn Sie mich so fragen, muss ich Nein sagen, obwohl ...«

»Obwohl Sie in Wahrheit etwas ganz anderes empfinden.«

»Ja. Vielleicht.«

Ein Moment des Schweigens verging, ehe ich erneut das Wort ergriff. »Als ich hereinkam, haben Sie noch nicht geblutet. Geschieht das immer erst, wenn der Pater bei Ihnen war?«

»Wann werden Sie nur endlich Ihr Misstrauen ablegen?«

»Ich weiß nicht ... Vielleicht, wenn ich überzeugt bin.«

Sie seufzte leise, schien aber nicht verärgert. »Gott hat mir die Kraft des Sühneleidens geschenkt. Ich büße für die Sünden anderer.«

»Das weiß ich alles, aber ...«

»Lassen Sie mich ausreden. Während eines Gebetes ist meine Fähigkeit, für andere Buße zu tun, besonders stark, vor allem wenn es so kraftvolle Gebete wie die von Pater Limberg sind. Wenn ich erwache, während er hier ist, und in Gedanken mit ihm bete, brechen die Wunden auf. Er fasst mich nicht an, das müssen Sie mir glauben! Sie sind im Irrtum, wenn Sie wirklich denken, er sei es, der mir diese Verletzungen zufügt.«

»Aber Sie widersprechen sich doch selbst! Sie haben mir gesagt, dass Sie fürchten, die Stigmata könnten eine Strafe Gottes sein – und jetzt behaupten Sie, damit für die Sünden anderer zu büßen.«

Daraufhin wurde sie sehr still, und ich fürchtete, sie mit meinen Worten verletzt zu haben. Ich verstand, was in ihr vorging. Sie versuchte ein ums andere Mal von neuem, sich hinter ihrem Glauben zu verstecken.

»Ich wollte Ihnen nicht wehtun«, sagte ich behutsam. »Ich bin ungeschickt, ich weiß, aber wie sonst kann ich Ihnen denn helfen?«

»Schon gut.« Sie sprach sehr leise, und ich fragte mich, ob sie weinte. Im Dunkeln war das schwer zu erkennen.

»Vielleicht haben Sie Recht. Vielleicht auch nicht. Ich weiß nicht mehr, was ich denken soll. Aber wenn Sie mir helfen wollen, wirklich helfen, dann hören Sie zu.« Sie verstummte, um nach einem Augenblick noch einmal zu sagen: »Hören Sie mir einfach nur zu.«

Mühsam zog sie ihre Hand unter der Decke hervor. Ich griff danach und spürte ihr warmes Blut auf meiner Haut.

»In all den Jahren hat die Heilige Jungfrau nie zu mir gesprochen«, begann sie. »Immer kommt sie nur schweigend zu mir, und auch ich selbst bin stumm in ihren Armen. Noch nie war ein Geräusch zwischen uns, nicht von ihren Schritten, nicht wenn unsere Körper sich berühren. Und doch höre ich etwas, wenn wir zusammen sind.«

»Das Weinen eines Kindes«, flüsterte ich gebannt. »Ein kleines Mädchen.«

»Sie hören es auch?« Ein erleichtertes Lächeln huschte über ihr Gesicht. »Das ist wahrlich ein Wunder. Sie sind tatsächlich auserwählt, Pilger, vom Schöpfer auserwählt.«

»Warum nennen Sie mich immer nur Pilger? Sie kennen doch meinen Namen.«

»Sie kamen hierher als Pilger, auch wenn Sie es selbst nicht wahrhaben wollen. Sie waren auf der Suche, Sie sind es noch immer. Pater Limberg hat Recht gehabt, als er sagte, dass Sie etwas suchen, woran Sie glauben können.«

»An Ihren Gott etwa?« Ich verzog das Gesicht. »An einen Gott, der Wunden in Ihre Hände und Füße bohrt, der Ihnen Schmerzen zufügt, ganz gleich, ob Sie es als Strafe oder Buße oder Gnade ansehen? Nein, Anna, vielen Dank. Diesen Gott können Sie getrost für sich behalten.«

»Mag sein, dass es hier auch um den Glauben an Gott

geht. Aber ich bin sicher, das ist nicht der Grund, weswegen Sie hier sind. Der Herr – oder das Schicksal – hat Sie hergeführt, um an etwas ganz anderes zu glauben: an mich.«

Ein ganz leichtes Zittern ihrer Finger lenkte meine Aufmerksamkeit auf das Blut an unseren Händen. Es war immer noch warm. Es fühlte sich an, als ob sie mir ein Geschenk machte.

»Reden Sie weiter«, bat ich und bemerkte irritiert, dass meine Stimme stumpf und rau geworden war. »Erzählen Sie mir von ihren nächsten Begegnungen.«

»Es begann damit, dass ich auf einem verlassenen Pfad wanderte, östlich von Bethlehem. Es kommt häufig vor, dass mich die Visionen ins Heilige Land führen. Ich kenne es gut, so als wäre ich dort zu Hause. Pater Limberg sagt oft zu mir, ich hätte es besser, wenn ich dort geboren wäre, in Jerusalem oder Nazareth oder Jericho. Er sagt, dort gäbe es keinen, der mir nicht glauben würde. Menschen aus der ganzen Welt kämen dann an mein Lager, Pilger wie Sie«, sie schmunzelte, »und alle würden meinen Berichten lauschen und mit mir und dem Pater zu Gott beten.«

»Das wünscht Limberg nicht für Sie, sondern nur für sich selbst«, warf ich verächtlich ein.

»Nicht für mich, aber für die Menschheit«, widersprach sie. »Er sagt, würden alle mehr beten, dann würde es jedermann besser gehen.«

Das bestätigte nur meinen Verdacht, dass Limbergs Mühen hier in Dülmen allein seinem Ansehen innerhalb der Kirche und nicht Annas Wohlergehen galten. Anna als lebendes Wallfahrtsobjekt im Heiligen Land, Limberg als ihr oberster Jünger – das musste ihm zweifellos gefallen.

»Ich wanderte also auf diesem Pfad aus Bethlehem hinaus«, fuhr sie fort. »Er bog nach links, an ein paar Gräben und Wällen vorbei. Nach einer Weile führte er zu einem Hügel, an dessen Fuß verschiedenes Nadelholz stand, aber auch Bäume ohne jeden Bewuchs, mit kahlen grauen Ästen. An der Südseite des Hügels, dort wo der Weg weiterführt ins Tal der Hirten, befanden sich einige Höhlen, die von den Menschen als Scheunen oder Viehschuppen benutzt wurden. Ich wusste gleich, dass dies der Ort war, an dem Joseph für sich und seine Braut Unterschlupf gesucht hatte, in jener ersten Heiligen Nacht, als der Heiland zur Welt kam.

Von Westen aus führte ein enger Gang in einen Raum, halb dreieckig, halb rund, ungefähr in der Form eines Tropfens. Die Höhle bestand größtenteils aus Fels, nur an einer Seite waren ein paar gebrannte Mauersteine eingefügt. Inmitten der Steine gab es einen kleinen Durchgang, der in ein zweites Gewölbe führte, tiefer als das erste und genau unter diesem gelegen. Der Eingang der Haupthöhle war mit einem Gestänge aus Binsen überdacht. Wer hier im Schatten saß, konnte in einiger Entfernung die Türme und Dächer Bethlehems erkennen.

In der Decke der Höhle gab es eine große Öffnung, genau in der Mitte, und rundherum ein paar kleinere, durch die das Sonnenlicht hereinfiel. Das Licht ist im Heiligen Land besonders hell, müssen Sie wissen, vielleicht weil die großen Wüsten so nah sind.

Maria stand in einer dieser Lichtsäulen und erwartete mich. Der Sonnenschein ergoss sich golden über ihre nackten Schultern und die Kuppen ihrer Brüste. In ihrer unverhüllten Schönheit schien sie mir heiliger und anbetungswürdiger denn je, und ich sank auf die Knie herab und wollte ihre Füße küssen. Sie aber ergriff mich sanft an den Schultern und zog mein Gesicht zur Mitte ihres Körpers empor. Der scharfe Steinboden stach in meine Knie, und doch spürte ich nichts von dem Schmerz. Alles, was ich fühlte, sah und roch, lag vor mir, nur eine Zungenspitze entfernt, verborgen in einem Flaum dunkler Härchen, die vor meinem freudentrunkenen Blick zu wogen schienen wie ein Getreidefeld im Sommerwind.

Ich empfand kein Gefühl der Schamhaftigkeit, nur Dankbarkeit für die Gnade, ihr zu begegnen, ausgerechnet an diesem Ort. Ihre Fingerspitzen kneteten zärtlich meinen Kopf, massierten Haar und Haut, und mir war, als sandten sie warme Stöße in mein Gehirn, rührten an verborgenen Wünschen und Hoffnungen und weckten sie aus ihrem Schlaf. Ich hatte nur noch den Wunsch, mein Gesicht in ihr zu vergraben, ihr Haar zu fühlen und das rosige Siegel zwischen ihren Schenkeln zu öffnen.

Sie trieb mich voller Wonne dazu, es zu versuchen, alles zu tun, wonach mir der Sinn stand, und bald schon verfiel ihr Leib in erregtes Strecken und Dehnen. Ihr Geschmack betäubte mich wie süßer Wein. Das Kneten ihrer Hände auf meinem Kopf war aufreizend und betäubend zugleich. Küssend, liebkosend, dabei nicht halb so verwirrt wie bei unserer ersten Begegnung, kniete ich vor ihr, in eine Anbetung versunken, die so viel tiefer und wahrhaftiger war als jedes Gebet. Ihre Hüften bogen sich mir entgegen, pressten gegen mein Gesicht, bis ich kaum noch Luft bekam und einen Augenblick von ihr ablassen musste, um Atem zu holen. Ich wollte gleich fortfahren, wollte nicht den Eindruck erwecken, dass ich genug hatte, doch nun entzog sie sich mir und ging gleichfalls in die Knie, bis wir uns entblößt und mit fiebernder Haut gegenübersaßen.

Ihre Daumen und Zeigefinger berührten tastend die Spitzen meiner Brüste, bewegten sich dort ganz langsam und doch mit solcher Stetigkeit, als wollten sie die Spitzen zwischen ihren Kuppen zermahlen. Warzen und Höfe schienen in Flammen zu stehen, strahlten ihre Hitze in meinen ganzen Körper aus, wurden zu Knoten eines Netzes aus haarfeinen, weit verästelten Lavaströmen, das um meinen ganzen Leib zu liegen schien. Kein Teil von mir, der nicht in Flammen stand! Kein Gedanke, der nicht vor Leidenschaft erglühte!

Schließlich war ich es, die sich von ihr löste. Ich bog meinen Oberkörper weit zurück, immer noch im Knien. Ihre Fingerspitzen folgten mir ein Stück, dann ließen sie los und strichen fordernd über die gespannte Haut meiner Schenkel. Noch immer hatte ich Waden und Füße untergeschlagen, und ich hätte sie von der Last meines Körpers befreien, hätte meine Beine ausstrecken müssen, um mich ohne Anspannung und ganz bequem den herrlichen Liebkosungen hingeben zu können.

Sie aber gewährte mir keine Bequemlichkeit. Ihre Hände drückten auf meine Schenkel, sodass ich sie weiter angewinkelt ließ, während sie selbst sich vorbeugte und meinen zurückgelehnten Bauch mit Küssen bedeckte. Ihre Zunge erkundete meinen Nabel, bis mir das Kribbeln unerträglich wurde, und obwohl ich unter ihr zuckte, hörte sie nicht auf, bis das unangenehme Kitzeln mit meiner Lust verschmolz und zu einem ganz eigenen, völlig neuen Hochgefühl wurde. Ich war außer mir, wand mich unter ihren Lippen und Händen, bäumte mich ihr zugleich entgegen, schrie stumm nach dem Segen heißerer Zuwendung.

Irgendwann ließ sie von Bauch und Nabel ab, ihre Zunge wanderte tiefer, auf einer feuchten, glitzernden Spur, die sofort abkühlte und in sinnverwirrendem Gegensatz zu der Hitze meines Leibes stand. In der Überhöhung meiner Empfindungen war jedes Gefühl ein neuer, unentdeckter Kontinent, und ich verzehrte mich nach seiner Wildheit.

Ihre Hände spreizten meine Schenkel, und jetzt erst gestattete sie mir, die Füße unter meinem Gesäß hervorzuziehen und die Beine auszustrecken. Nun aber hatte ich begriffen, dass die Anspannung meiner Haut, meines ganzen Körpers, den Lustgewinn ins Maßlose steigerte, und so behielt ich meine Stellung bei. Maria lächelte nur über meine Erkenntnis, küsste sich langsam durch meine Scham und widmete sich dem zweiten Herzen, das zwischen meinen Schenkeln pulsierte.

Ich geriet in Raserei, und Tränen benetzten mein Gesicht. Ich war zu schwach, die Lider länger offen zuhalten, zu schwach, um zuzusehen bei dem, was sie tat, und dann, als ich den höchsten Punkt dieser Genüsse erlebte, da konnte ich die Verbindung mit diesem Ort nicht länger aufrechterhalten. Ich sank zurück in meine Kissen, zurück in mein Bett, doch die Gefühle blieben bei mir, folgten mir von dort nach hier, und seither trage ich sie bei mir in der Schatulle meines Glaubens.«

Ich schrak auf, als Annas Stimme verstummte. Zu vertraut war bereits ihr feiner Klang, zu lebhaft ihre Schilderung. Vielleicht hatte der Alkohol im Blut meine Sinne überreizt. Ich wünschte mir, sie würde noch lange nicht mit ihrer Erzählung aufhören.

Anna schaute mir in die Augen, suchte nach meinen Gefühlen, nach Verlegenheit oder Ablehnung. Als sie stattdessen Verständnis fand, lächelte sie glücklich, sagte aber nichts.

Ich streichelte ihre Hand und suchte vergeblich nach den richtigen Worten. Getrocknete Blutschuppen rieselten von ihren Fingern auf das Laken wie blutroter Schnee.

Vielleicht hätte ich mich zu Anna vorgebeugt und sie geküsst, wenn dieser Augenblick des Schweigens, des stillen Einverständnisses zwischen uns ein wenig länger angedauert hätte. Da aber bemerkte ich hinter ihr eine hastige Bewegung! Draußen, vor dem Fenster!

Ein schwarzer Schemen. Langes, flatterndes Haar, umgeben von einem Strudel aus Herbstlaub. Ein bleiches Gesicht, das sich ins Dunkel zurückzog und mit der Finsternis verschmolz wie ein Wolkenriss am Nachthimmel.

Anna sah das Erschrecken in meinen Augen. »Was ist?«, fragte sie alarmiert.

Ich sprang auf, stieß meine Hand über sie hinweg und riss das Fenster zu voller Weite auf. »Da war jemand«, wollte ich rufen, doch zu meinem eigenen Erstaunen brachte ich kaum mehr ein Flüstern zu Stande. »Dort, auf dem Vordach!«

Anna wollte den Oberkörper weiter aufrichten und hinausschauen, doch allein der Versuch war zu schmerzhaft. Mit verbissenem Gesicht, aber ohne einen Laut sank sie zurück in die Kissen. Auf meinen besorgten Blick erwiderte sie nur die Andeutung eines Kopfschüttelns: alles in Ordnung.

Als ich wieder aus dem Fenster sah, war die schwarze Gestalt verschwunden. *Falls sie überhaupt jemals da war*, wisperte eine Stimme in mir. Natürlich war sie da gewesen! Ich hatte sie doch gesehen. Den geisterhaft blassen Fleck ihres Gesichts, die nachtfarbenen Gewänder, den wehenden Schweif ihres Haars. Nicht lange genug sichtbar, um eine Erinnerung an ihre Züge zurückzulassen, und dennoch … ich musste Gewissheit haben.

»Klettern Sie nur«, forderte Anna mich leise auf, als hätte sie ein weiteres Mal meine Gedanken gelesen. »Aber ich bin ziemlich sicher, Sie werden sie nicht zu fassen bekommen.«

Ich nickte enttäuscht. Gewiss nicht. Sie war eine Vision, ein Traumgespinst. Die Nacht war still bis auf das Säuseln des Windes, und nicht einmal Schritte waren auf dem Vordach oder unten im Hof zu hören. Die Erscheinung hatte sich in Luft aufgelöst.

»Haben Sie sie auch gesehen?«, fragte ich und erschrak vor mir selbst, als ich den flehenden Unterton in meiner Stimme bemerkte.

»Ich fürchte, ich war nicht schnell genug.«

»Aber sie war da, das müssen Sie mir glauben!«

»Natürlich glaube ich Ihnen«, entgegnete sie sanft. »Weshalb sollten Sie die Unwahrheit sagen?«

»Sie war da«, stammelte ich noch einmal und starrte angespannt aus dem Fenster. Nur Nacht, nur Leere.

»Sie kommt oft«, sagte Anna, »ich kann sie spüren.«

»Wer ist sie?«

»Ahnen Sie das nicht längst?«

Ich sank zurück auf den Schemel und rieb mir mit beiden Händen das Gesicht.

»Weshalb sträuben Sie sich so sehr gegen die Wahrheit?«, fragte sie.

Ich blickte auf, fixierte ihren Blick. »Es ist eine Sache, jemanden im Traum zu sehen. Aber da draußen, vor dem Fenster ... das ist etwas anderes.«

»Macht das wirklich einen Unterschied?«

»Ich weiß es nicht«, gab ich resigniert zurück. »Es sollte einen machen, oder? Ärzte haben ein Wort dafür, wenn man Gestalten sieht, die einen verfolgen.«

»Sie glauben, Sie sind verrückt?« Anna klang amüsiert. »Das ist nicht Ihr Ernst! Wovon reden wir beide denn seit Tagen? Und vor allen Dingen, *warum* – wenn Sie es doch alles nur als Irrsinn abtun?«

»Ich kann vielleicht damit umgehen, wenn mir die Jungfrau Maria im Traum erscheint, aber ...«

»Aber wenn sie ans Fenster klopft, ist das etwas anderes«, führte sie den Satz zu Ende. »Ist es das, was Sie meinen?«

»Ich ... ach, Herrgott, ich kann es Ihnen nicht erklären. Jeder vernünftige Mensch würde wissen, was ich meine.«

Sie lachte, ohne eine Spur von Verbitterung. »Sie berufen sich mit der gleichen Inbrunst auf die Vernunft wie Pater Limberg auf den Allmächtigen. Eine bemerkenswerte Parallele.«

In einer enormen Aufwallung von Kraft und unterdrücktem Schmerz hob sie ihre rechte Hand und legte sie federleicht in meine. Ihre Wunde blutete nicht länger, auch der Verband war getrocknet.

Ich schüttelte den Kopf, ganz schwach nur. »Ich bin müde. Ich sollte jetzt besser gehen.«

»Sie werden heute Nacht träumen, nicht wahr?«

»Vielleicht.«

»Ich möchte bei Ihnen sein, wenn Sie träumen.«

Ihr Antlitz verschwamm vor meinen Augen. Es musste gegen fünf Uhr am Morgen sein. »Falls ich träume, kann ich Ihnen morgen davon erzählen«, sagte ich matt. Die Augen fielen mir zu. Noch einmal riss ich sie sekundenlang auf, und zugleich kam mir die Gewissheit, dass ich in dieser Nacht nirgendwo mehr hingehen würde. Nicht aus dieser Kammer, nicht aus diesem Haus.

»Schlafen Sie«, sagte Anna verständnisvoll, »und berichten Sie mir morgen, was Sie erlebt haben. Kommen Sie, beugen Sie sich vor und legen Sie Ihren Kopf neben meinen aufs Kissen ... Ja, genau so«, flüsterte sie an meinem Ohr. »Beruhigen Sie sich. Schlafen Sie. Ich bin bei Ihnen. Die Mutter Gottes ist bei Ihnen.« Sie hielt kurz inne, dachte nach. »Wir werden immer bei Ihnen sein.«

17

An einem kühlen Herbstmorgen, vier Tage nach meiner Nacht in der Kleiderkiste, sagte Anna: »Ich habe eine Bitte. Werden Sie sie mir erfüllen?«
»Natürlich.«
»Sie wissen ja nicht einmal, um was ich Sie bitten will.«
»Wenn es unmöglich wäre, würden Sie nicht fragen.«
»Sie haben großes Vertrauen zu mir.«
»Das wundert Sie doch nicht wirklich, oder?«
An jedem der vergangenen Abende hatte sie mir von ihren weiteren Begegnungen mit der Jungfrau erzählt. Daraufhin war sie in den Nächten auch mir erschienen, blass und schön und zügellos. Jeden Morgen hatte ich Anna alle Einzelheiten meiner Nachtgesichte schildern müssen.
»Ich möchte, dass Sie mir helfen, diese Kammer zu verlassen«, sagte sie entschlossen.
»Und wo wollen Sie hin?«
Ihr Blick wurde traurig. »Sie denken sicher, ich habe den Verstand verloren, nicht wahr?«
»Warum, um Himmels willen, sollte ich das denken?«
»Weil ich mich kaum bewegen, geschweige denn laufen kann.«

Natürlich waren genau das meine Befürchtungen. Trotzdem sagte ich: »Sie würden solch einen Vorschlag nicht machen, wenn Sie vorher nicht darüber nachgedacht hätten, wie er zu bewerkstelligen ist.«

»Ich wusste gar nicht, dass Sie so diplomatisch sein können.«

Ich lächelte. »Was also haben Sie vor?«

»Ich möchte die Glocken des Kirchturms läuten.«

In diesem Augenblick dachte ich noch nicht an religiösen Eifer oder verbohrte Rituale – nur an eine lange, enge, gewundene Treppe. Und an Anna, die kaum eine Hand heben konnte, ohne vor Schmerzen halb wahnsinnig zu werden.

»Wie, um alles in der Welt, kommen Sie denn darauf?«

Sie hielt meinem zweifelnden Blick mühelos stand. »Ich habe das früher im Kloster oft getan. Es tut mir gut.«

Ich fragte gar nicht erst, wie sie diese letzten Worte meinte. »Ich helfe Ihnen gerne, das wissen Sie. Aber Doktor Wesener und der Pater würden solch einer ... nun ...«

»Fixen Idee! Sagen Sie's ruhig.«

»Sie würden solch einer fixen Idee niemals zustimmen.«

»Lassen Sie die beiden nur meine Sorge sein.«

»Und der Abbé?«

»Er wird Verständnis haben.«

Anna würde sich nicht umstimmen lassen. Sie hatte eine Entscheidung getroffen, und sie wäre nicht sie selbst gewesen, hätte sie sich so leicht davon abbringen lassen.

»Was glauben Sie denn, was das bewirken soll?«, fragte ich. »Es wird Ihre Wunden nicht heilen.«

»Ich will Gott um Vergebung bitten.«

»Können Sie das nicht von hier aus tun?«

»Sie verstehen das nicht.«

»Aber warum die Glocken?«, fragte ich in einem Anflug von Verzweiflung. »Es müssen wer weiß wie viele Stufen bis dort oben sein. Wie wollen Sie die hinaufkommen?«

»Das ist es ja, wobei Sie mir helfen sollen.«

»Ich kann Sie nicht den ganzen Weg tragen. Und selbst wenn ich es könnte, würden die Schmerzen Sie umbringen.«

Ihr Gesicht blieb ernst, nur ihre Augen funkelten vergnügt. »Das werden wir ja sehen.«

Ich schüttelte energisch den Kopf. »Sie wissen, dass ich Sie gerne bei allem unterstütze, um das Sie mich bitten. Aber ich werde nicht zusehen, wie Sie sich umbringen.«

»Nun seien Sie doch nicht so pathetisch! Es wird schon gut gehen.« Dann, ganz plötzlich, schienen ihre Züge zu zerfließen. »Verstehen Sie nicht? Ich muss mehr tun als nur beten, um meinen Frieden mit Gott zu machen.«

»Sie wollen sich Ihre eigene Prüfung auferlegen«, entfuhr es mir zornig. »Das ist es doch, nicht wahr? Es reicht Ihnen nicht, was er Ihnen antut. Es muss noch grausamer, noch schmerzhafter sein.« Mit einem Mal fragte ich mich, ob vielleicht auch unsere Gespräche für sie nicht mehr waren als eine beständige Prüfung, ein Missachten der eigenen Schamgrenze, um sich selbst wieder und wieder zu bestrafen. Der Gedanke versetzte mir einen Stich.

»Sie zweifeln an mir«, sagte sie unvermittelt, und ich wusste genau, dass sie damit nicht das meinte, was ich gesagt hatte, sondern das, was ich *dachte.* »Ich könnte es nicht ertragen, wenn Sie an meinen Gefühlen zweifeln«, sagte sie leise.

Und was für Gefühle waren das? Hätte ich darauf nur eine Antwort gewusst.

Ich beugte mich vor und streichelte sanft ihre Wange. »Ich würde niemals schlecht über Sie denken.«

»Nein«, sagte sie, aber ich bildete mir ein, dass sie es wie eine Frage betonte.

Nach einigen Sekunden des Schweigens flüsterte sie mit flehendem Blick: »Ich bitte Sie, helfen Sie mir. Es ist so wichtig. Das Wichtigste überhaupt.«

»Ist es wegen des Drachens?«, fragte ich und konnte ihr dabei kaum in die Augen sehen. »Haben Sie immer noch Angst vor ihm?«

»Er kommt«, entgegnete sie fest. »Ich kann spüren, dass es bald so weit ist. Er ist schon auf dem Weg hierher.« Plötzlich schrie sie: »Begreifen Sie denn nicht? Ich *muss* diese Glocken läuten!«

Ich saß nur da und starrte sie an, ohne ein weiteres Wort. Irgendwann hob ich meinen Blick und schaute aus dem Fenster, hoch über die Dächer hinweg, hinüber zum Kirchturm. Ich hätte schwören können, dass die Distanz mit jedem Wimpernschlag größer wurde, als rücke ihn eine unsichtbare Macht wie eine Schachfigur zur fernen Seite des Spielfelds.

18

Der Pfarrer der Dülmener Stadtkirche, Dechant Rensing, gab sein Einverständnis erst nach einem langen, ermüdenden Gespräch, in dessen Verlauf ich gezwungen war, Argumente gegen besseres Wissen und meine eigene Überzeugung zu finden. Schließlich stimmte er widerwillig zu, bat sich jedoch die Freiheit aus, einen Bericht über das Geschehen an seinen Oberen zu senden, den Generalvikar der Diözese Münster.

Von Rensing erfuhr ich auch Einzelheiten der kirchlichen Untersuchung, die fünf Jahre zuvor an Anna vorgenommen worden war. Der Generalvikar selbst, der Freiherr von Droste-Vischering, war im März 1813 nach Dülmen gekommen. Der bischöfliche Stuhl zu Münster war damals schon seit elf Jahren verwaist, und der Vikar galt als höchster kirchlicher Würdenträger der Region. Dass er selbst sich ein Bild der Vorgänge machen wollte, bezeugte den Ernst, mit dem die Kirche Annas Wunden und Erscheinungen behandelte.

Einer Hand voll Kirchenmänner wurde die Überwachung der Kranken übertragen. Sie untersuchten jeden Fingerbreit ihres Körpers, ungeachtet aller Schmerzen, die ihr diese Behandlung bereitete. Sie führten lange, qualvolle Gespräche mit ihr, um ihre sittliche Reinheit zu überprüfen. Pater Limberg musste all seine Beobachtungen außerhalb der Beichte zu Protokoll geben, und Dechant Rensing erhielt den Auftrag, sämtliche Personen aus Annas Familie und früherer Umgebung zu befragen, nach Gesichtspunkten, die der Generalvikar persönlich ausgearbeitet hatte.

Im Laufe dieser Untersuchungen wurde festgestellt, dass das Blut aus Annas Stigmata immer in jene Richtung lief, aus der auch Jesu Wunden am Kreuz geblutet hatten – sogar als man sie mit dem Kopf nach unten legte, rann das Blut noch in Richtung ihrer Füße.

Weiterhin umwickelte man die Verletzungen mit festgezurrten Bandagen, um zu sehen, ob sie dennoch bluten würden. Da schon die leichteste Berührung Anna unerträgliches Leid bereitete, wurden die Druckverbände für sie zur unerträglichen Tortur. Niemand kam ihr zu Hilfe, nicht einmal Pater Limberg, ehe nicht alle überzeugt waren, dass die Male trotz allem nicht verheilten. Erst nach sieben Tagen und Nächten nahm man die grausamen Pressen wieder ab.

Schließlich geriet Annas Nahrungsaufnahme ins Blickfeld der Zweifler. Man flößte ihr allerlei Speisen und Getränke ein, nur um den Beweis zu erbringen, dass sie nichts davon bei sich zu behalten vermochte. Daraufhin wurde beschlossen, sie fortan nur noch mit klarem Brunnenwasser und der geheiligte Hostie zu ernähren.

Beinahe drei Monate vergingen, ehe der Generalvikar und seine Schergen sich zufrieden gaben. Das Komitee zog sich zurück, und bald darauf wurden Annas Leiden von der Kirche offiziell anerkannt. Der Einzige, der Gewinn daraus zog, war freilich Pater Limberg, denn er konnte sich von nun an mit der heiligen Aura seiner Schutzbefohlenen brüsten.

Nachdem der Dechant geendet hatte, schwor ich mir, nicht zuzulassen, dass es noch einmal so weit kommen würde. Wir vereinbarten, Annas Vorhaben gleich am nächsten Tag in die Tat umzusetzen. Ich hatte weder mit dem Abbé noch mit Limberg oder Wesener darüber gesprochen. Anna hatte bis zuletzt darauf bestanden, dies selbst zu übernehmen, und so hatte sie mich gebeten, sie an diesem Tag nicht mehr zu besuchen. Wie auch immer sie auf die drei Männer einzuwirken gedachte – selbst ihr war klar, dass es den ganzen Tag und all ihre Kraft in Anspruch nehmen würde.

19

Die Kunde von Annas Martergang sprach sich bis zum Morgen in ganz Dülmen herum. Bei Sonnenaufgang wurde vom Bäckerhaus zur Kirche ein Weg durch das Laub geschaufelt. Selbst der Wind hatte ein Einsehen und brachte an diesem Tag keine neue Blätterflut.

Als ich früh in Annas Kammer trat, sah ich gleich, dass es ihr nicht gut ging. Keiner ihrer drei Beschützer war bei ihr, nicht einmal der Abbé hatte sich bislang sehen lassen.

Von der mürrischen Gertrud erfuhr ich, dass Anna in der Nacht lange wachgelegen hatte. Sie hatte behauptet, von allen Seiten dringe das Schreien von Hähnen an ihre Ohren. Meine Sorge um sie wuchs. Vergebens kämpfte ich gegen meine Überzeugung an, dass es ein furchtbarer Fehler gewesen war, mich auf dieses wahnwitzige Vorhaben einzulassen.

»Sie sehen krank aus«, sagte sie besorgt, als ich mich auf dem Schemel neben ihrem Bett niederließ.

»Ich habe auch allen Grund dazu«, sagte ich finster. »Ich glaube noch immer, dass das, was Sie vorhaben, falsch ist.«

»Was *wir* vorhaben«, verbesserte sie mich.

»Sie sollten noch einmal darüber nachdenken.«

»Was würden all die Leute sagen, die an den Straßenrändern stehen und warten?«

»Hat Gertrud Ihnen von denen erzählt?«

»Jede Einzelheit. Auf dem Markt haben sie Bierfässer angeschlagen. Zum ersten Mal seit Wochen kommen sie alle wieder gemeinsam aus ihren Häusern.«

»Das ist widerlich. Diese Leute machen ein Volksfest daraus.«

»Aber es ist doch schön, wenn die Menschen sich freuen.«

Ich starrte sie entgeistert an. »Diese Menschen tun das wegen Ihnen, Anna. Sie wollen ein Spektakel erleben, keinen Bußgang. Die meisten von denen warten nur darauf, dass Sie dort unten zusammenbrechen, am besten mit Blitz und Donner am Himmel – aber ohne Regen, der könnte ja das Bier verdünnen.«

»Sie sehen überall nur Niedertracht. Ich frage mich, warum.«

»Weil ich die Menschen kenne«, erwiderte ich scharf. »Im Gegensatz zu Ihnen habe ich lange genug unter ihnen gelebt.«

»Pater Limberg wird schon Acht geben, dass mir niemand ein Bein stellt.«

»Ich verstehe nicht, wie Sie das alles so leicht nehmen können!« Ich sprang auf und lief im Zimmer auf und ab. »Sie sollten sich sehen, Anna. Sie haben nicht geschlafen. Sie haben Schmerzen. Sie sind müde und völlig erschöpft.«

»Und dennoch bin ich glücklich«, sagte sie, und die aufgesetzte Milde in ihrer Stimme wurde von Trotz durchzogen. »Ich weiß, Sie können das nicht begreifen.«

Ich blieb stehen und sah sie eindringlich an. »Sie lassen sich nicht mehr umstimmen, nicht wahr? Sie werden Ihren verrückten Plan in die Tat umsetzen, koste es, was es wolle.«

»Gott wird mir beistehen. Er weiß, dass es allein zu seinen Ehren geschieht.«

»Hören Sie doch auf! Sie tun das nicht für Ihren Gott, sondern einzig und allein für sich selbst. Weil Sie Angst vor diesem … diesem Drachen haben.«

Sie erwiderte meinen Blick sehr lange und gelassen. »Ich tue das, weil ich noch nicht von hier fortgehen möchte«, sagte sie voller Sanftmut. »Weil ich so lange wie möglich bleiben will. Bei Ihnen, Clemens.«

20

Ohrenbetäubender Jubel raste wie ein Flächenbrand durch die Menge. Die Luft war von Laub und Geschrei erfüllt. Das Meer aus Häuptern am Straßenrand wogte auf und ab, während der Wind Blätterwirbel über die Köpfe hinwegfegte. Dennoch berührten nur wenige davon den Boden der Schneise, als hielte jemand eine unsichtbare Hand über Annas Weg.

Wesener hatte darauf bestanden, Anna auf einer Trage zur Kirche zu bringen, doch sie hatte ebenso unnachgiebig abgelehnt. Es gehöre zu der Prüfung, die Gott ihr auferlegt habe, dass sie die Strecke auf eigenen Füßen bewältige, hatte sie gesagt; ich allein dürfe dabei an ihrer Seite sein, um sie zu stützen. Alle anderen könnten sich gerne für den Fall der Fälle bereithalten, dürften sie jedoch nicht berühren.

Für mich war ihre Beharrlichkeit alles andere als angenehm. Pater Limberg und der Doktor musterten mich mit unverhohlenem Hass, selbst der Abbé reagierte mit Zurückhaltung. Im Gegensatz zu den beiden anderen jedoch schwieg er, nachdem sein einziger Versuch, Anna umzustimmen, gescheitert war. Ich hatte das Gefühl, dass er verstand, was in ihr vorging.

Als wir durch den Torbogen hinaus auf die Straße traten, ebbte der Lärm der Menge schlagartig ab. Dutzende, Hunderte Gesichter wandten sich in unsere Richtung, manche fröhlich und aufmunternd, andere ausdruckslos, einige gar ablehnend. Ich hatte das Gefühl, als schlüge mir hier draußen eine noch größere Feindseligkeit entgegen als in Gesellschaft Limbergs und Weseners. Falls Anna irgendetwas zustoßen sollte, würde jedermann mir die Schuld daran geben, mir allein.

Ich ging links von ihr und hatte einen Arm vorsichtig um ihre Schultern gelegt. Mit dem anderen hielt ich sie am linken Oberarm fest. Es war das erste Mal, dass wir nebeneinander standen, und ich war erstaunt, wie klein sie war: Anna reichte mir nicht einmal bis zur Schulter. Weil sie keine anderen Sachen besaß, hatte Gertrud ihr das alte Nonnengewand angezogen; nach den Jahren in der Kiste roch es wie die Kleider einer alten Frau. Gegen den scharfen Herbstwind hatte Gertrud ihr den eigenen Mantel umgelegt. Er war zu lang und schleifte mit dem Saum über den Boden.

Noch im Haus, beim Abstieg auf der Wendeltreppe, hatte ich Anna ein paarmal angesprochen, ehe mir klar geworden war, dass sie vor Schmerz keine Antwort zu Stande bringen würde. Sie biss tapfer die Zähne aufeinander, ihr Gesicht war weiß und angespannt, und die Verbände an ihren Händen und auf der Stirn färbten sich bereits nach den ersten Schritten rot.

Schweigend gingen wir die Straße hinunter. Limberg, Wesener und der Abbé folgten uns in einigen Schritten Abstand. Ich hörte, dass der Pater den anderen etwas zutuschelte, konnte die Worte aber nicht verstehen. Es hätte nicht viel Fantasie bedurft, mir ihre Bedeutung auszumalen, doch es kümmerte mich nicht, was er zu sagen hatte. Meine Gedanken galten nur Anna, der kleinen, tapferen Anna, dem zarten Fliegengewicht in meinem Arm, das sich entgegen aller Ängste und allen Leids zum ersten Mal seit mehr als fünf Jahren ins Freie wagte. Niemand konnte wirklich ermessen, wie viel Mut und Überwindung sie das kostete, nicht einmal jene, die ihr am nächsten standen.

Wir kamen nur langsam voran, so langsam, dass aus den Menschenreihen am Straßenrand gelegentlich Rufe der Ungeduld ertönten. Ich wurde zornig, hätte die Dummköpfe am liebsten an den Haaren aus dem Schutz der Masse gezerrt. An Anna aber prallten die hämischen Bemerkungen ungehört ab, und nach einer Weile verstummten auch die ärgsten Spötter.

Die meisten Menschen verfolgten Annas Weg jetzt mit stummer Anspannung. Ihre Blicke stachen von allen Seiten auf uns ein. So musste sich Jesus gefühlt haben, dachte ich benommen, als er das Kreuz durch die Gassen Jerusalems trug, den Hang hinauf gen Golgatha, seiner Kreuzigung entgegen.

Zu Anfang hatte ich befürchtet, Anna würde keine zwanzig Schritte weit kommen, und ich hatte mich bei dem Gedanken wie ein Verräter gefühlt. Jetzt aber hatten wir schon mehr als die Hälfte des Hinweges hinter uns gebracht. Einmal überholte uns Wesener und begutachtete Anna von vorne, schaute prüfend in ihr Gesicht, und ich spürte seinen brennenden Wunsch, ihren Puls zu fühlen, zu spüren, ob sie Fieber hatte. Doch er hielt sich zurück, und nach einigen Schritten, während derer Anna ihn überhaupt nicht beachtete, ging er wieder zu den beiden anderen zurück.

Ich sah kaum nach vorne, beobachtete nur von der Seite Annas blutleere Züge, ihre aufeinander gepressten Lippen, sah zu, wie ihre Nasenflügel unter dem heftigen Ein- und Ausatmen erbebten. Ihr Blick war starr geradeaus gerichtet.

Ich hatte schon Zweifel, ob sie überhaupt etwas um uns herum wahrnahm, als sie sich plötzlich in meinem Arm versteifte und flüsterte: »Sehen Sie, dort vorne!«

Ich folgte ihrem Blick und erschrak. Um ein Haar wäre ich stehen geblieben.

Vor uns war, eine rettende Insel im Ozean, das Portal der Stadtkirche aufgetaucht, umspült von buntem Menschenschaum. Doch das war es nicht, was Anna meinte und mir solchen Schrecken einflößte.

Vor dem offenen Doppeltor, eingefasst vom kerzenbeschienenen Inneren der Kirche, stand eine Gestalt in flatternden Gewändern. Herbstlaub umschwirrte sie. Sie hatte den Kopf gesenkt, sodass die Schleierfontäne ihres dunklen Haars ihren Oberkörper verbarg; es sah aus, als starrte sie angestrengt auf etwas, das unsichtbar vor ihr am Boden lag. Sie stand reglos da, vollkommen unbewegt wie eine Statue, und nur die weiten Gewänder umwirbelten sie wie schwarzer Rauch, als käme der Wind aus allen Richtungen zugleich.

Niemand sonst schien sie zu bemerken.

Sie genießt diesen Auftritt, dachte ich mit plötzlicher Schärfe. Sie will uns ihre Macht beweisen. Aber warum hat sie das nötig? Sie ist die Mutter Gottes. Weshalb tut sie das?

Wir waren bis auf zehn Schritte an sie herangekommen, als sie sich umdrehte und in einer Flut aus wehendem Stoff ins Innere der Kirche schwebte. Herzschläge später war sie mit dem Zwielicht zwischen den Kerzenflammen verschmolzen, ein Schatten unter vielen.

Ich durfte meinen Widerwillen nicht zeigen. Wenn ich Anna jetzt zurückhielt, würde sie keinen weiteren Schritt mehr machen. Allein ihr eiserner Wille trieb sie vorwärts. Sie durfte jetzt nicht zweifeln, nicht an sich selbst, nicht an ihrem Ziel. Ich schwieg, obwohl alles in mir danach schrie, den irren Gang sofort abzubrechen.

Als wir in den Schatten des Torbogens tauchten, trat uns aus dem Inneren eine Silhouette entgegen. Ich schrak zusammen, aber Anna drängte unbeeindruckt weiter. Es war kein Geist, keine biblische Erscheinung. Nur Dechant Rensing, der uns zögernd anlächelte, teils aufmunternd, teils zweifelnd.

»Willkommen«, sagte er, aber Anna schien ihn kaum wahrzunehmen. Sie schleppte sich an ihm vorüber in Richtung der Seitentür. Ich spürte, wie sie in meinem Griff immer schwerer wurde. Ihre Kraft ließ nach.

Wortlos begannen wir den Aufstieg zur Turmspitze. Das enge Treppenhaus schraubte sich steil nach oben. Der Lärm der Menge, beim Betreten der Kirche neu ausgebrochen, blieb nach einigen Stufen zurück, klang bald nur noch gedämpft durch die mächtigen Mauern.

Ich machte gar nicht erst den Versuch, die Stufen zu zählen. Schwer atmend nahmen wir Absatz um Absatz, ganz allein in dem schmalen Schacht. Anna hatte verfügt, dass Limberg, Wesener und der Abbé unten zurückbleiben sollten. Zu meinem Erstaunen hielten sie sich daran. Weder vor noch hinter uns war jetzt irgendetwas zu hören, nur der Hall unserer Schritte geisterte dumpf durch das Treppenhaus, schien mal abwärts, mal empor zu steigen und uns auf dem Weg mit kalter Berührung zu streifen.

»Nur noch ein kleines Stück«, flüsterte ich, meine ersten Worte, seit wir das Bäckerhaus verlassen hatten. Sie kamen mir gleich darauf dumm und nutzlos vor. Anna hatte keine Aufmunterung nötig, nicht von mir oder irgendeinem anderen Sterblichen.

Sie sagte nichts, nickte nicht einmal. Lenkte all ihre Reserven in ihre Beine, nahm tapfer jede Stufe. Ihr Körper zitterte in meiner Umarmung, erbebte im Kampf mit der eigenen Schwäche. Ich fragte mich, wie sie den Rückweg bewältigen wollte.

Was aber, wenn sie gar nicht daran dachte, jemals wieder von hier fortzugehen? Wenn sie glaubte – hoffte, betete? –, dort oben beim Klang ihrer geliebten Glocke zu sterben?

Ich tue das, weil ich so lange wie möglich bleiben will. Bei Ihnen, Clemens.

Das sagt niemand, der den Tod sucht. Oder doch?

Schließlich erreichten wir den oberen Absatz. Eine breite Leiter führte hinauf in die Glockenkammer unterhalb der Turmspitze. Ich wollte Anna das letzte Stück hinaufheben, doch mit einem unmerklichen Kopfschütteln machte sie sich daran, die Sprossen aus eigener Kraft zu erklimmen. Ich hielt sie lediglich von hinten fest, fühlte jeden Wirbel in ihrem Rücken, ihr kleines, knochiges Gesäß.

Dann waren wir oben. Endlich oben.

Ein zugiger, viereckiger Raum. Acht hohe, schlanke Fenster ohne Glas, zwei in jeder Wand. Unter uns lagen spielzeugklein die Häuser der Stadt, jenseits davon die Hügel im Osten, die weiten Moore im Westen. Ein Vogelschwarm zog an uns vorüber, eine riesenhafte Pfeilspitze aus kleinen schwarzen Sicheln.

Unter dem Balkenlabyrinth des Kirchendaches, hoch und düster über unseren Köpfen, hingen zwei Glocken, jede anderthalb Mannslängen hoch, gegossen aus Kupfer und Bronze. Beide waren in eine Balkenvorrichtung eingelassen, die sich durch ein armdickes Tau vor- und zurückschwenken ließ.

Als ich Anna wieder anschaute, sah ich, dass sie weinte, und ich spürte, wie mir selbst die Tränen kamen. Wir standen da, hielten uns in den Armen und konnten nicht fassen, dass wir es tatsächlich bis hierher geschafft hatten. Vor Freude gab ich Anna einen zarten Kuss auf die Stirn, auf die Haut zwischen Augen und Verband; danach schmeckten meine Lippen eisern von dem Blut, das unter der Bandage hervorquoll. Als sie langsam zu mir aufschaute, lag tiefe Dankbarkeit in ihrem Blick.

Ich wollte die Blutrinnsale auf ihrem Gesicht mit meinem Ärmel abtupfen, doch sie hielt mich mit einer schwachen Geste zurück. »Nicht«, flüsterte sie tonlos. »Das gehört allein dem Herrn.«

Durch eines der Fenster wehte ein Schwall trockenes Herbstlaub herein, tanzte wie Stechmücken um unsere Köpfe. Ein warmer Wind fuhr in mein Haar, beulte Annas Mantel aus und verbreitete einen angenehmen Duft, den ich augenblicklich wiedererkannte. Anna musste es genauso ergehen, denn wir schauten uns gleichzeitig um, ohne unsere Umarmung zu lösen.

Die Erscheinung stand aufrecht in einem der hohen Fenster, durch und durch körperlich, gar nicht wie ein Geist. Sie hatte ihr Gesicht immer noch zum Boden gewandt und das lange Haar über ihre Stirn nach vorne geworfen. Jetzt hob sie langsam eine ihrer schmalen Hände und teilte den dunklen Haarschleier mit unendlicher Vorsicht, als läge etwas dahinter, das schon bei der leichtesten Berührung zerspringen könnte.

Anna wurde unruhig und entwand sich meinen Armen. Einen Augenblick lang war ich abgelenkt, sah zu, wie sie allein die drei Schritte bis zum baumelnden Ende des Glockenseils bewältigte und mit beiden Händen danach griff. Der letzte Rest ihrer Kraft wurde von der schaukelnden Balkenkonstruktion vervielfacht und auf die mächtigen Glocken übertragen. Keine zwei Atemzüge später ertönte das erste Läuten, ein ohrenbetäubender Schlag, der mich mehrere Schritte zurücktaumeln ließ. Anna klammerte sich ungeachtet des Lärms an das Seil, während die Glocken ein ums andere Mal lautstark anschlugen. Ihr Klang hallte über ganz Dülmen hinweg, hinaus in die weite Landschaft, und obwohl sie jedes andere Geräusch übertönten, war ich sicher, dass die Menschenmenge in den Straßen in tosenden Beifall ausbrach.

Einen Moment lang war es, als hätte etwas die Erscheinung im Fenster aus meinem Gedächtnis gestrichen, sie ausgeklammert aus dem Wunder, das sich vor meinen Augen vollzog. Dann aber schwenkte mein Blick wie von selbst zurück auf den Umriss vor dem hellen Himmelsrechteck.

Die Erscheinung hatte sich das Haar jetzt vollends aus dem Gesicht gestrichen, hob langsam den Kopf, schaute mich an. Ihre Lippen verzogen sich zu einem Lächeln.

Stocksteif stand ich da, konnte die Augen nicht von ihren Zügen nehmen. Als hätte es je einen Zweifel gegeben an dem, was ich vor mir sah ... *wen* ich vor mir sah!

Schlagartig breitete die Erscheinung beide Arme aus, als wollte sie auf den Winden davonfliegen. Tatsächlich aber warf sie ihr Gewand ab. Der schwarze Stoff wurde nach hinten gerissen, trudelte weit ausgebreitet davon und wellte sich auf den luftigen Brisen wie die Oberfläche eines Sees aus purem Pech. Flatternd verschwand er in der Ferne.

Mein Blick war wie festgenagelt. Hinter mir verstummte das Läuten der Glocken, und doch konnte ich nur auf den nackten Leib der Frau im Fenster blicken. Schlanke Hüften, dazwischen das schattige Dreieck ihrer Scham. Rosige Brüste, aufgerichtet in wissender Arroganz. Und darüber, über schmalen Schultern, auf einem weißen, verletzlichen Hals: Annas Gesicht.

Hinter mir ertönte ein Schluchzen, ging über in leises Weinen. Ich glaubte, es sei Anna, und fuhr herum. Doch das Weinen kam aus dem Nirgendwo, wie in meinen Träumen.

Anna stand unterhalb der mächtigen Glocken, immer noch fest an das Tau geklammert. Blutfäden liefen ihr von der Stirn übers Gesicht bis zum Kinn wie der Schatten eines Gitterkäfigs. Das Glockenseil hatte sich von den Wunden in ihren Händen rot gefärbt. Sogar unter dem Saum ihres Nonnengewandes drang Blut hervor, sie stand inmitten einer dunklen Pfütze. Ihre Augen waren auf die Erscheinung im Fenster gerichtet. Ein kraftloses Lächeln flimmerte über ihre Züge.

So schnell ich konnte, sprang ich auf sie zu. Es gelang mir gerade noch, sie aufzufangen, ehe ihre Finger vollends nachgaben und sie in sich zusammensackte. Ich hob sie hoch, trug sie quer über meinen Armen, küsste ihr Gesicht und ließ zu, dass sich meine Tränen mit dem Blut auf ihren Wangen mischten. Schwankend drehte ich mich um, blinzelte durch einen trüben Schleier hinüber zum Fenster.

Die nackte Erscheinung hatte ihr Haupt leicht auf die Seite gelegt und blickte mich an. Noch immer lag ein geheimnisvolles Lächeln auf ihren Lippen, aufreizend und zugleich voller Mitleid. Sie hob in einer geschmeidigen Bewegung ihre rechte Hand und krümmte lockend den Zeigefinger, winkte mich schweigend zu sich heran.

Mit Anna im Arm trat ich auf sie zu, ganz langsam, setzte wie im Traum Schritt um Schritt, fühlte mich seltsam schwebend und leicht. Annas leblosen Leib spürte ich kaum. Je näher ich der Erscheinung kam, desto klarer wurden ihre Züge. Es *war* Annas Gesicht, aber es wirkte frischer, gesünder, nicht von Krankheit und jahrelanger Askese gezeichnet. Ihre Lippen waren rot, die blauen Augen blitzten. Wenige Fingerlängen vor ihr blieb ich stehen, mein Gesicht auf der Höhe ihrer Schenkel. Die Erscheinung beugte sich anmutig vor, ohne zu schwanken, eine Bewegung gegen die Schwerkraft, weit, weit vornüber. Ihre Lippen näherten sich den meinen, berührten sie, und es war, als flößte mir ihr Mund ein süßes Rauschmittel ein. Mir wurde am ganzen Körper warm, dann glühend heiß, und plötzlich hörte ich hinter mir Geräusche.

Schritte. Polternd und hastig, im Treppenhaus. Ich schaute mich um, träge, wie betäubt, und sah eine Hand in der Falltür auftauchen.

Als ich zurück zum Fenster blickte, hatte sich die Erscheinung wieder aufgerichtet und beide Arme gespreizt wie Jesus am Kreuz. Ihre Brüste spannten sich leicht. Sie legte den Kopf zurück in den Nacken, bis ihr langes Haar waagerecht im Wind wehte.

Stumm lachend ließ sie sich nach hinten fallen. Anmutig, mit gestrecktem Körper, die Arme immer noch zu beiden Seiten abgewinkelt. Federleicht stürzte sie rückwärts in die Tiefe, viel zu langsam für das Gewicht eines Menschen. Entsetzen durchdrang den Dämmerzustand meiner Sinne. Ich trat vor, blickte über die bewusstlose Anna in meinen Armen hinweg in den Abgrund. Die Erscheinung fiel und fiel und fiel, und im selben Moment, da sie am Boden aufschlagen musste, wandte ich mich voller Grauen ab. Als ich eine Sekunde später wieder hinsah, war das Pflaster am Fuß des Kirchturms leer. Nur ein paar Schaulustige standen umher, unterhielten sich, als wäre nichts geschehen.

»*Brentano!*«

Hinter mir.

Eine Hand packte meine Schulter, riss mich herum. Beinahe wäre Anna aus meinen Armen geglitten, doch da schnellten schon Hände vor und packten sie. Jemand zog sie von mir fort. Der Doktor.

»Brentano«, stammelte ein rundes Gesicht, das ich mit Mühe als das von Pater Limberg erkannte. »Ihr Mund …!«

Wie in Trance wischte ich mir mit dem Handrücken über

die Lippen. Sie waren voller Blut. Ein verschwommener Blick auf Wesener und Limberg – beide wussten, dass es nicht mein eigenes war.

Annas Blut an meinem Mund, ihr Blut auf meiner Zunge. Und hinter mir der Abgrund.

21

»Sie haben lange geschlafen.«

Ich schlug die Augen auf, meine Lider flatterten. Unter mir spürte ich ein weiches Bett. Man hatte mir die Decke bis zum Kinn gezogen. Trotzdem fror ich entsetzlich.

»Sie haben hohes Fieber.«

Vor meinen Augen war ein verschwommenes Feld aus fahler Helligkeit, darin ein dunkler Kern. Ein Gesicht inmitten einer strahlenden Aureole, so kam es mir vor.

»Sie haben Schüttelfrost. Ein paarmal wären Sie fast an Ihrem eigenen Erbrochenen erstickt.«

Ich zitterte vor Kälte. Meine Beine spürte ich kaum. In meinem Hals schien ein schwerer Eisklotz festzusitzen, der jeden Atemzug zu etwas Festem, Schmerzhaftem gefror. Wahrscheinlich waren auch meine Augen von Eisblumen überzogen.

»Der Doktor hat Sie behandelt. Er hat es nicht gerne getan, aber immerhin ist er Arzt mit Leib und Seele.«

Ich kannte diese Stimme, wollte mit ihr sprechen, brachte aber keinen Ton heraus.

»Sie sind noch zu schwach. Viel zu schwach. Was immer dort oben auf dem Turm geschehen ist, es hat Sie eine Menge Kraft gekostet. Man könnte fast meinen, *Sie* wären mit diesen Verletzungen dort hinaufgestiegen, nicht Anna.«

Wo war sie? Wie ging es ihr?

»Sie sollten noch etwas schlafen, mein Freund.«

Bitte, ich muss ...

»Ruhen Sie sich aus!«

Ich kann nicht, ich ...

»Machen Sie die Augen zu. Ja, so ist gut.«

Aber ... bitte, ich muss wissen ...

»Und jetzt – schlafen Sie!«

22

»Wie lange?« Meine Stimme klang, als hätte jemand meinen Kehlkopf mit Schleifpapier bearbeitet. »Sie müssen es mir sagen, Abbé. Wie lange liege ich jetzt schon hier?«

»Den dritten Tag.« Der alte Geistliche kratzte sich am Kopf. »Das Ganze hat Sie ganz schön mitgenommen.«

»Wie geht es Anna?«

»Sie sollten jetzt erst einmal an sich selbst denken, mein Freund. Ihr Zustand ist schlecht genug für zwei.«

»Bitte, ich muss wissen, wie es ihr geht.«

Der Abbé senkte den Kopf und rieb sich mit den Handballen über die Augen. »Ich würde Ihnen eine Antwort geben, wenn ich eine wüsste.«

Mir war immer noch kalt, obwohl es im Kachelofen des Gasthofzimmers angenehm knisterte. Mein Hals brannte, und beim Luftholen spürte ich ein leichtes Stechen in der Brust.

»Wie meinen Sie das?«, fragte ich krächzend.

»Ich habe Anna seit zwei Tagen nicht gesehen.«

»Aber Sie sind ihr Oheim!«

»Niemand wird zu ihr vorgelassen, nicht einmal Doktor

Wesener. Nur Pater Limberg hatte ganz kurz Zutritt, aber er spricht kaum mit uns darüber.«

»*Wer* lässt niemanden zu ihr vor? Doch nicht etwa Gertrud?«

Er lachte heiser. »Gertrud? Gott bewahre! Nein, nein, ich fürchte, die Lage ist ein wenig verzwickter.«

Ich versuchte, mich im Bett aufzusetzen. Es gelang mir zu meiner eigenen Überraschung recht gut, doch sofort wurde das Stechen in meiner Lunge heftiger.

Der Abbé sprang auf und schob mich an den Schultern zurück in die Kissen. »Schonen Sie sich, um Himmels willen!«, rief er aufgebracht. »Ihre Lunge hat sich entzündet, Ihre Mandeln waren zwei Tage lang so groß wie Hühnereier, und das Fieber ist erst heute Morgen zurückgegangen. Sie sollten Ihre Kräfte nicht überschätzen.«

Meine Rechte packte den Abbé am Unterarm. »Sagen Sie mir, was mit Anna passiert ist!«

»Das sollten Sie doch am besten wissen, oder?« Mühelos löste er meinen Griff um seinen Arm und ließ sich müde zurück auf seinen Stuhl fallen. »Sie war ohne Bewusstsein, als wir sie in Ihren Armen fanden. Der Doktor brachte sie zurück in ihre Kammer. Sie hätten ihn hören sollen! Noch nie habe ich solche Flüche aus seinem Mund gehört. Trotzdem ging es Anna bald besser, schon ein paar Stunden später. Sie hatte viel Blut verloren, weit mehr als sonst, wenn ihre Wunden sich öffnen, und sie war sehr schwach. Aber sie konnte bereits wieder sprechen, und als Erstes hat sie nach Ihnen gefragt. Das war, wie gesagt, vor drei Tagen. Da haben Sie noch tief und fest geschlafen. Nicht einmal der Doktor konnte feststellen, wie Sie sich all diese Entzündungen geholt haben. Sicher, es war windig dort oben, aber Sie müssen diese Krankheit schon seit längerem in sich getragen haben, schon bevor Sie nach Dülmen kamen. Und ich fürchte, der Branntwein hat es nicht besser gemacht.« Er schloss einen Moment lang die Augen, als müsse er sich auf das besinnen, was er eigentlich hatte sagen wollen. »Anna, ja ... sie bekam Besuch, vorgestern Morgen. Erst kam nur eine Kutsche mit einem Medizinal-Regierungsrat aus Münster. Ihm folgten im Laufe des Tages ein halbes Dutzend weiterer Männer, und als Annas Kammer zu klein wurde für all diese Menschen, ließ der Regierungsrat sie kurzerhand ins Stadthaus verlegen.«

Abermals setzte ich mich auf, so hastig, dass der Stich in meiner Brust mir einen Augenblick lang den Atem und beinahe auch die Sinne nahm. »Man hat sie fortgebracht? Ohne Ihre Zustimmung?«

Der Abbé hob die Augenbrauen und betrachtete mich eingehend. »Vielleicht ist das alles ein wenig zu aufregend für Sie, in Ihrem Zustand. Ich hätte wohl besser schweigen sollen.«

»Nein!« Mein Herzschlag raste, das Stechen in meiner Lunge fiel in seinen Rhythmus mit ein und wurde zu einem einzigen, lang anhaltenden Schmerz. Es fühlte sich an, als hätte irgendetwas unter meinen Rippen Feuer gefangen. »Sie müssen mir alles erzählen! Bitte, so sprechen Sie doch!«

Der Abbé schüttelte den Kopf. »Ich sollte das nicht tun. Der Doktor ...«

»Der Doktor wird froh sein, wenn ich verrecke«, fiel ich ihm scharf ins Wort.

»Sie sind ein Dummkopf, Brentano!« Zum ersten Mal

sah ich den Abbé verärgert. »Doktor Wesener hat sich voller Aufopferung um Sie gekümmert. Sie verdanken ihm Ihr Leben. Wie können Sie da so etwas sagen?«

»Es tut mir Leid. Es ist wegen Anna. Ich mache mir Sorgen.«

Er seufzte, dann nickte er besänftigt. »Wir alle machen uns Sorgen um sie. Wesener hat versucht, etwas aus dem Pater herauszubekommen, aber Limberg sagt, auch er hätte Anna nur zweimal sehen dürfen, und das nur ganz kurz. Sie liegt im großen Saal des Stadthauses. Man hat ein Bett für sie hineingestellt, genau in die Mitte, und all diese Männer sitzen und stehen und laufen um sie herum, machen irgendwelche Versuche mit ihr und …« Er brach plötzlich ab, holte Luft und blinzelte. Es war mir peinlich, einen so alten Mann weinen zu sehen, doch ich brachte kein Wort heraus.

Der Abbé fasste sich. »Es ist wie damals, als die Kirche versucht hat, Anna Betrügerei nachzuweisen. Nur dass diesmal alles noch viel schlimmer kommt.«

»Schlimmer? Wieso?«

»Jetzt sind es die weltlichen Behörden, die sich ihrer annehmen. Es hat Beschwerden gegeben, sagt der Regierungsrat, Briefe von namhaften Persönlichkeiten. Das waren seine Worte: namhafte Persönlichkeiten! Als ob irgendwer, ob namhaft oder nicht, beurteilen könnte, was hier vorgeht!« Er wischte sich die Tränen vom Gesicht, doch ein Rest von Feuchtigkeit verfing sich in seinen Falten; als sich der Sonnenschein vom Fenster darin spiegelte, sah es aus, als glühte ein Licht in seinem Inneren, das durch haarfeine Risse nach außen fiel.

Ich schwieg, lag nur da, stocksteif.

Briefe von namhaften Persönlichkeiten.

Es konnte nicht sein! Unmöglich! Wer kannte schon meinen Namen? Wer meine Gedichte, wer meine Märchen? Wohl kaum irgendein Medizinalrat aus dem Münsterland!

Ich starrte fassungslos meine Hand an. Die verfluchte Hand, die in jener ersten trunkenen Nacht das Schreiben an die Regierungspräfektur verfasst hatte. Schuldgefühle und Selbsthass verschlugen mir die Sprache.

Der Abbé bemerkte, dass sich mein Zustand verschlechterte. »Ich komme später wieder«, sagte er sanft und erhob sich. »Sie sollten noch etwas schlafen, wenigstens bis zum Abend. Dann kommt Wesener vorbei, um nach Ihnen zu sehen. Vielleicht hat er mehr zu berichten.«

Er ging zur Tür, wandte sich dort noch einmal um.

»Ich bin nicht sicher, was dort oben auf dem Kirchturm geschehen ist«, sagte er nachdenklich. »Aber Sie können mir vertrauen, mein Freund. Ich bin auf Ihrer Seite. So wie Sie auf Annas Seite sind.«

23

Ich versuchte nur ein einziges Mal, mich ohne Hilfe vom Bett zu erheben. Um Halt zu finden, tastete ich nach der Kante des Nachttisches und schlug dabei versehentlich ein Wasserglas herunter. Als ich meine Füße auf die Dielen setzen wollte, zerschnitten mir die Scherben die nackten Sohlen.

Mit einem leisen Aufschrei zog ich die Beine zurück und sah, dass beide Füße bluteten, nicht kräftig, aber doch stark genug, um Spuren im weißen Bettzeug zu hinterlassen. Instinktiv schaute ich auf meine Handflächen, doch sie waren unversehrt. Welch ein verrückter Gedanke!

Ich schlief tatsächlich wieder ein, doch Scham und Schuld diktierten meine Träume. Mehrmals erwachte ich von meinem eigenen Geschrei, und einmal kam sogar die Wirtsfrau ins Zimmer, weil sie glaubte, bei all dem Lärm müsse es unzweifelhaft mit mir zu Ende gehen. Wie durch Wasser hörte ich, wie sie die Scherben aufkehrte und wieder hinausging.

Es dämmerte bereits, als mich das Öffnen und Schließen der Tür abermals aus finstersten Albträumen riss. Doktor Wesener trat an mein Bett und sah das Blut am Fußende. Er runzelte die Stirn.

»Wie geht es Ihnen?«, fragte er.

Tatsächlich war dies erst unsere dritte Begegnung, obwohl doch meine Gedanken laufend um ihn und Pater Limberg gekreist waren. Es war ein Gefühl, als würde ich einem Hirngespinst, einer Figur meiner Fantasie gegenübertreten.

»Ich habe geschlafen«, sagte ich matt.

»Das ist gut.«

»Das würden Sie nicht sagen, würden Sie meine Träume kennen.«

Er setzte sich auf den Stuhl und suchte etwas in seiner Arzttasche. »Wovon träumen Sie denn? Von Anna?«

Ich zog es vor, erst einmal abzuwarten, welches Bild er sich von den Ereignissen im Kirchturm gemacht hatte. Gewiss keines, das mich allzu gut dastehen ließ.

Er zog ein Fläschchen aus seiner Tasche, entkorkte es und träufelte eine nussfarbene Flüssigkeit auf einen Blechlöffel. »Hier«, sagte er, »schlucken Sie das.«

»Was ist das?« Ich rührte den Löffel nicht an.

Wesener seufzte. »Ich habe es Ihnen drei Tage lang mit meinen Fingern eingeflößt. Sie werden also nicht auf der Stelle sterben, wenn Sie es nun aus eigener Kraft hinunterschlucken. Es hilft Ihnen.«

Ein wenig beschämt tat ich, was er verlangte, und wunderte mich, dass die Medizin nicht halb so widerwärtig schmeckte, wie ich erwartet hatte. »Mischen Sie die selbst?«

»Sicher.«

»Was ist da drin?«

»Ich glaube nicht, dass Sie das wirklich wissen wollen. Aber es bringt Ihre Lunge wieder auf Trab.«

Nach einer Pause, während der er meine Stirn mit einem

feuchten Tuch abtupfte und fühlte, ob ich noch Fieber hatte, sagte ich: »Sie haben keine besonders hohe Meinung von mir, nicht wahr?«

»Wie kommen Sie nur darauf?« Ohne mich anzuschauen, kritzelte er irgendwelche Notizen in ein kleines Büchlein. »Was haben Sie eigentlich mit Ihren Füßen gemacht?«

Ich schaute schuldbewusst auf die Blutflecken im Laken. »Ich wollte aufstehen.«

»Keine Selbstverstümmelung?«

»Keine was?«

»Schon gut, Sie wären auch nicht der Mensch dafür.«

»Sie haben geglaubt, ich hätte mir absichtlich die Füße zerschnitten?«

»Es wäre nicht das erste Mal«, meinte er schulterzuckend. »Es hat Fälle gegeben, in denen jemand nach seiner ersten Begegnung mit dem Fräulein Emmerick so etwas getan hat. Das waren allerdings strenggläubige Christen, die nicht einsehen wollten, weshalb der Herr ausgerechnet ihnen keine Stigmata schenkt.«

»Sie sind doch Arzt, Doktor Wesener. Wie können Sie da ohne jeden Zynismus aussprechen, dass einem solche Verletzungen *geschenkt* werden?«

»Wir wollen doch jetzt keine religiöse Diskussion führen, Herr Brentano. Ich glaube, daran sind in den vergangenen Tagen schon andere gescheitert.«

»Weil sie mich nicht von ihrem Glauben überzeugen konnten?«

»Weil sie Sie nicht überzeugen konnten, dass die Liebe, die man unwillkürlich zum Fräulein Emmerick empfindet, von Gott kommt, nicht aus der Leistengegend.«

»Ich glaube, Sie unterliegen ...«

»Einem Missverständnis?« Er lächelte bitter. »Sie haben sie dort oben geküsst. Haben Sie das schon vergessen? Pater Limberg war sogar der Überzeugung, Sie hätten ihr Blut getrunken. Aber ich denke, das konnte ich ihm ausreden. Er hat einen Brief an Ihren Bruder aufgesetzt.«

»Ich bin kein Kind mehr. Und Christian ist nicht mein Vater. Wenn Pater Limberg der Ansicht ist, er müsse sich bei irgendjemandem über mich beschweren, warum tut er es dann nicht beim Herrgott? Der ist ja wohl der Einzige, den die Schuld an diesem Dilemma trifft.«

Wesener hob die Decke am Fußende und begutachtete meine Sohlen. »Ein interessanter Standpunkt, gewiss. Aber sicher keiner, der einer genauen Betrachtung standhalten könnte.« Mit einem feuchten Lappen tupfte er das getrocknete Blut von meinen Füßen. »Tut das weh?«

»Nein.« Es brannte, aber ich war zu stolz, das zuzugeben. *Ich bin kein Kind mehr.* Von wegen. Wenn mein Stolz nicht kindisch war, was sonst?

Wesener steckte die Hand in seine Arzttasche. Als er sie wieder hervorzog, war sein Zeigefinger voller Salbe. Sorgsam massierte er damit meine Fußsohlen. »Das sind nur Kratzer«, sagte er, »keine tiefen Schnitte. Sie haben Glück gehabt.«

»Mehr als Anna, wie ich hörte.«

Er hielt einen Moment lang inne und sah mich mit hochgezogenen Augenbrauen an. »Der Abbé hat mit Ihnen gesprochen?«

»Wie geht es ihr?«

»Wenn ich das nur wüsste.« Zum ersten Mal bröckelte

seine Fassade ärztlicher Überlegenheit. Er massierte die Salbe jetzt sehr viel langsamer ein. »Der Medizinalrat und seine Leute haben sie seit zwei Tagen in der Mangel. Ich habe versucht, vorgelassen zu werden, ohne Erfolg. Das ist, als würden die sie bei lebendigem Leibe einmauern.«

»Was tun die mit ihr?«

»Ich kann nur raten. Sicher wird sie Tag und Nacht genau beobachtet, und wahrscheinlich wird man versuchen, sie am Schlafen zu hindern.«

Ein heftiges Zittern durchlief meinen Körper. Wesener hielt es für einen neuerlichen Anfall von Schüttelfrost und beeilte sich mit der Verarztung meiner Füße. Dann zog er die Decke darüber und steckte den Saum sachte unter meine Beine.

»Warum?«, fragte ich betroffen. »Weshalb lassen die sie nicht schlafen?«

»Die werden versuchen nachzuweisen, dass das, was das Fräulein für Visionen hält, nichts weiter als gewöhnliche Träume sind. Wer nicht schläft, der träumt nicht. Hat sie drei oder vier Tage keine Erscheinungen gehabt, wird man behaupten, das sei ein Beweis.«

»Aber das ist lächerlich!«

»Für Sie, für mich, für jeden anderen, der an die Wunder des Fräulein Emmerick glaubt. Aber wer das nicht tut – so wie Sie bei Ihrer Ankunft –, der wird die Sache ein wenig anders sehen.«

»Kann man denn gar nichts tun?« Verzweiflung drohte erneut, meine Stimme zu ersticken.

»Nichts ist schwieriger, als einen Ungläubigen vom Glauben zu überzeugen. Das sollten Sie doch wissen, Herr Brentano, gerade Sie. Die Einzige, die einen Menschen von ihrer Gabe überzeugen kann, ist Anna selbst.«

»Aber sie ist viel zu schwach dazu.«

»Das befürchte ich auch.«

»Und damit lassen Sie die Sache auf sich beruhen?«, fragte ich wütend. »Sie machen es sich sehr einfach, finden Sie nicht?«

»Das Fräulein Emmerick ist meine *Patientin!*«, fuhr Wesener auf. »Für das Wohlergehen jedes einzelnen meiner Patienten bin ich bereit, alles zu tun. Aber was glauben Sie denn, was ich unternehmen könnte, um ihr zu helfen? Mir eine Flinte schnappen und damit ins Stadthaus marschieren?«

»Der Gedanke an das, was Anna durchmacht, frisst mich auf«, sagte ich leise. Ich konnte ihm dabei nicht in die Augen schauen. »Diese Hilflosigkeit macht mich wahnsinnig.«

Der Zorn verschwand aus Weseners Gesicht, und an seine Stelle trat abermals maskenhafter Gleichmut.

»Ich freue mich, dass wir doch noch eine Gemeinsamkeit gefunden haben, Herr Brentano«, sagte er tonlos. Dann nahm er seine Tasche und ging.

24

Vielleicht war es mein Ordnungssinn, der instinktive Drang nach Vollständigkeit, der mir die Erwartung eingab, zuletzt würde mir auch Pater Limberg einen Besuch abstatten. Er war der Dritte. Der Einzige, der noch fehlte.

Nicht etwa die Vernunft sprach dafür, vielmehr mein Wissen um die Gesetze des Dramas. Das Fieber presste die Wirklichkeit in die Schablone der Fiktion. So, wie man gedankenverloren unsichtbare Muster mit den Fingern malt und plötzlich von einer verzweifelten Besessenheit nach Symmetrie überkommen wird, dabei immer neue, immer ausschweifendere Formen kritzelt, ohne sich der symmetrischen Vollkommenheit je gewiss zu sein. Das Nichtsichtbare bleibt uns den Nachweis schuldig. Das tut es immer.

Erst der Abbé, dann Doktor Wesener. Und Pater Limberg? Natürlich kam er nicht.

Also kein rundes Drama. Keine Symmetrie.

Und doch war es das, was mich schließlich auf den richtigen Gedanken brachte. Alles hatte sich immer nur um Symmetrie gedreht. Sie war der Schlüssel zu allem, was geschehen war und noch geschehen würde. *Annas* Symmetrie.

Zwei Gesichter, das eine ausgezehrt und kränklich, das

andere voller Anmut und Kraft: Annas Gegensätze, die sich insgeheim entsprachen. Auf der einen Seite Anna, wie jedermann sie kannte. Auf der anderen Seite ihr geheimes, ihr verschollenes, ihr sündiges Ich. Ein Geist, den es zur Vollkommenheit drängte, zur Vereinigung und – der Schlüssel! – zur Symmetrie des Ursprungs.

Was war der Scheidepunkt gewesen? Der erste Besuch des Schutzengels? Die Wunden Christi im Leibe eines jungen Mädchens? Oder das Gelübde, die letzte Grenze, die es zu überschreiten galt – der Punkt, an dem der frisch geschlüpfte Schmetterling seine Flügel öffnete? Und, siehe da, es waren zwei gleiche Hälften, die eine rein und gläubig, die andere das Extrakt allen Menschseins: die Lust, die Gier, der Trieb zum Spiel. Zwei Schmetterlingsflügel, so gleich, und doch niemals dieselben. Dazwischen der Körper, der sie verband – bis das Gelübde ihn entzweiriss. Nicht die Trennung von Gut und Böse, sondern der Schnitt zwischen menschlichem Makel und göttlicher Tugend.

Der Schlüssel! Keine Maria, keine Mutter Gottes. Nur Anna selbst, ihre andere, verstoßene Hälfte, Form geworden, manifestiert in Träumen und Visionen, auf der verzweifelten Suche nach neuerlicher Verschmelzung.

Auf der Suche nach der perfekten Symmetrie.

Als ich die Augen aufschlug, war das weiße Laken über mein Gesicht gebreitet. Etwas berührte mich an der Brust, dann am Bauch, ganz zart, als hätte sich eine Fliege unter meine Decke verirrt. Irgendwo weinte ein kleines Mädchen.

Ich hob das Laken, bis ich an mir herabblicken konnte.

Die Erscheinung kauerte auf allen vieren über meinen

Beinen wie eine menschliche Spinne. Ihr Gesicht war ganz nah an meinem Bauch, ihr Haarschleier lag als dunkler Stern über meinen Oberkörper ausgebreitet. Ihre Zungenspitze zog einen kühlen Kreis um meinen Nabel. Ich konnte die Berührung hinter dem Haarschleier fühlen, sah, wie ihr Kopf kreiste, tiefer wanderte, sich hob und senkte.

Das Laken umgab uns wie ein Zelt, durch dessen Planen weißes Licht fiel. Ich hatte kein Verlangen zu erfahren, was außen war. Ich war der nackten Spinnenfrau auf meinem Unterleib willenlos ausgeliefert, ihrem Tasten und Necken, ihrem leidenschaftlichen Küssen und Züngeln und Streicheln.

Als sie schließlich auf meinem Becken saß und ihre Bewegungen immer schneller, immer heftiger wurden, als ich die Augen schloss und mich ganz ihrem Rhythmus hingab, als das Weinen des kleinen Mädchens immer lauter und herzzerreißender wurde, als das Feuer des Höhepunkts bis in meine Haarspitzen emporfauchte und die Klammer ihrer Schenkel sich immer härter um meine Hüften schloss, da hörte ich plötzlich, wie das Laken zerriss. Trunken von ihrer Nähe schaute ich an ihrem makellosen Leib empor und sah, wie sie mit bloßen Händen das Tuch über ihrem Kopf auseinander zerrte. Die Ränder des Risses schwebten an ihrer glänzenden Haut herab, und als das Tuch hauchzart ihre Brüste streifte, ging ein letztes wildes Beben durch ihren Körper, sie riss die Arme gen Himmel, warf den Kopf zurück, und dann entstieg sie dem weißen Laken wie ein Neugeborenes dem Mutterleib. Das Weinen des Mädchens war plötzlich ganz nah und laut, umschloss uns wie ein Kokon, der sich mit jedem Herzschlag enger zusammenzog, sich an einem einzigen Punkt verdichtete, hoch über mir, bis das Weinen schließlich geradewegs aus dem aufgerissenen Mund der Erscheinung quoll.

Worte lösten sich aus dem Chaos der Klänge, Worte, die flehten und verlangten, geformt aus Lachen und Weinen zugleich. Nichts, das sich wiedergeben ließe, nichts, das irgendjemand außer mir selbst verstehen würde.

Doch ich verstand. Verstand mit einem Mal alles.

Die sieben Gesichter, die sich aus dem Dunkel näher schoben, waren die Schädel des Drachen.

Der Drache selbst aber war ich.

25

Am Morgen wurde die Tür meines Zimmers aufgestoßen, und herein kam der Abbé, ohne anzuklopfen, ohne einen Gruß. Die weißen Haarsträhnen auf seinem Kopf lagen noch wirrer als sonst, und sein Gesicht war rot vor Aufregung. Ich nahm an, er hätte mit Limberg gesprochen und sich endgültig vom Hass des Paters anstecken lassen.

Der Grund für seine Zerfahrenheit aber war ein anderer.

»Der Regierungsrat ist abgereist!«, rief er stürmisch. »Er und seine Lakaien sind bei Tagesanbruch in ihre Kutschen gestiegen und zurück nach Münster gefahren. Gott im Himmel, es ist unglaublich! Sie sind fort! *Fort!*«

Ich kroch eilig zwischen zerwühlten, durchgeschwitzten Laken hervor. »Was ist mit Anna? Wie geht es ihr?«

Freudestrahlend trat der Abbé an mein Bett und sah aus, als wollte er mich vor Glück umarmen. »Sie redet nur von Ihnen, mein Freund! Können Sie das glauben? Das Erste, was sie zu mir sagte, war: ›Wie geht es dem Pilger?‹ Ich sollte eifersüchtig sein, wissen Sie das? Vielleicht wäre ich es, wenn ich nicht so erleichtert wäre.« Er lachte und hieb mit seinem Stock auf die Dielen. »Potzteufel, es geht ihr gut! Viel besser, als alle befürchtet haben.«

»Wo ist sie jetzt? Noch im Stadthaus?«

»Wesener lässt sie im Laufe des Vormittags zurück in ihre Kammer bringen.«

»Das sind wirklich gute Nachrichten.«

»Nicht wahr? Sie haben mich noch gar nicht gefragt, was den Regierungsrat dazu bewogen hat, so eilig von hier zu verschwinden.«

»Ich glaube, ich weiß es bereits«, sagte ich leise und schaute am Abbé vorbei in eine entfernte Ecke des Zimmers, wo die Schatten so schwarz waren, dass sich darin jemand hätte verstecken können.

»Sie wissen es?« Der Abbé musterte mich verwundert. Ich sah ihm an, dass er sich fragte, ob ich immer noch Fieber hatte.

»Sie ist ihnen erschienen, nicht wahr?«, flüsterte ich, um die Schatten nicht aufzuschrecken. »Die Männer haben die Mutter Gottes gesehen, drüben im Stadthaus, heute Nacht. So war es doch, oder?«

Der Abbé bückte sich, griff unter mein Bett und zog die Branntweinflasche hervor, die ich dort nach meiner Ankunft versteckt hatte; er musste sie entdeckt haben, während er an meinem Krankenlager wachte. Nachdem er einen tiefen Schluck daraus genommen hatte, schaute er mich eindringlich an. Ein sonderbarer Glanz lag in seinen Augen, gewiss nicht nur vom Alkohol.

»Woher wissen Sie das?«, fragte er langsam.

»Würden Sie mir glauben, wenn ich Ihnen sage, dass ich dabei war?«

26

Meine zerschnittenen Fußsohlen schmerzten entsetzlich. Ich hatte das Innere der Stiefel mit Verbandszeug ausgelegt, doch das machte kaum einen Unterschied. Bei jedem Schritt hatte ich das Gefühl, als ginge ich über Rasierklingen. Die Krücke, die Wesener mir mitgebracht hatte, leistete gute Dienste; ohne sie hätte ich den Weg bis zu Annas Haus kaum bewältigen können.

Gertrud ließ mich ein, machte aber keine Anstalten, mir die Treppe hinaufzuhelfen. Wortlos ließ sie mich am Fuß der Stufen stehen und verschwand, um sich ihren zweifelhaften Pflichten zu widmen. Bald darauf hörte ich sie irgendwo in den Tiefen des Hauses rumoren.

Der Weg nach oben war eine einzige Tortur. Ich hatte beide Hände voll – in der einen die Krücke, in der anderen das, was ich Anna zurückgeben wollte, etwas, das die ganze Zeit über ihr gehört hatte –, und so war es mehr als schwierig, auf der engen Wendeltreppe Halt zu finden. Ich wagte nicht, beide Füße zugleich zu belasten, aus Angst, der Schmerz könnte mir das Bewusstsein rauben. Ein schöner Triumph für Pater Limberg, wenn ich mir so kurz vor Annas Tür das Genick gebrochen hätte.

Mir war übel, als ich endlich den oberen Treppenabsatz erreicht hatte. Vor meinen Augen drehten sich die Stufen und die Streben des Geländers. Längst fühlte ich meine Füße nicht mehr, nur zwei vage Wolken aus Pein, auf denen mein Körper zur Kammertür schwebte. Der Schmerz betäubt sich selbst, dachte ich erleichtert. Oder war das dem Fieber zu verdanken?

Anna lag in ihrer Korbkrippe, sehr blass und schmal. In ihren Augen aber leuchtete neuer Lebenswille. Die Verbände an Stirn und Händen waren weiß und unbefleckt. Das Fenster stand einen Spalt weit offen, davor saßen die beiden Lerchen und putzten sich.

»Mir scheint, der Prinzessin geht es gut.« Ich deutete mit einem Kopfnicken auf die Vögel.

Anna lächelte. »Man hat es ihr vielleicht nicht zugetraut, aber es sieht aus, als hätte sie sich gefangen.«

»Ich bin sehr froh darüber.«

Nachdenklich beobachtete sie die beiden Lerchen beim Gefiederputzen. »Können Sie die zwei eigentlich auseinander halten? Beides sind Weibchen, aber welche ist die Prinzessin? Die linke oder die rechte?«

»Mir sind beide recht.«

»Und wenn Sie sich für eine entscheiden müssten?«

»Dann würde ich wohl eine Mischung aus beiden wählen.«

»Glauben Sie denn, dass das möglich ist?«

»Vielleicht kommt das nur auf den Versuch an.«

»Vielleicht, ja.«

Wir schauten uns schweigend in die Augen, sprachen lange kein Wort.

Plötzlich fiel mir das Bündel in meiner Hand ein. Ich hatte es in braunes Papier eingeschlagen. »Das hier gehört Ihnen«, sagte ich und legte es vorsichtig aufs Bett.

Sie warf nur einen flüchtigen Blick darauf. »Hat *sie* Ihnen das gegeben?«

Ich hob die Schultern. »In gewisser Weise. Als hätte sie damit etwas unterstreichen wollen.«

»Packen Sie es für mich aus?«

Ich setzte mich auf den Hocker, langsam, weil das Stechen in meiner Lunge noch immer nicht gänzlich kuriert war. Ohne die Verpackung zu zerreißen, als wäre sie aus wertvollem Geschenkpapier, wickelte ich den Inhalt des Pakets aus und reichte ihn Anna.

Zaghaft streckte sie die Hand nach der Puppe aus und streichelte zögernd über den winzigen Kopf.

Ich beobachtete jede ihrer Regungen. »Das ist Ihr Haar, nicht wahr?«

»Meine Mutter hat diese Puppe machen lassen. Sie hat mein langes Haar geliebt. Nachdem man mir beim Eintritt ins Kloster den Kopf geschoren hatte, sammelte sie alles auf und brachte es zu einem Puppenmacher.« Anna fuhr den schnurgeraden Mund des Stoffgesichts mit dem Zeigefinger nach, wollte auch die schwarzen Knopfaugen berühren, schrak aber in letzter Sekunde davor zurück. »Bitte, nehmen Sie sie weg. Ich war schon damals zu alt für Puppen.«

Ich drehte das hässliche Spielzeug um und betrachtete die ausdruckslosen Züge. »Ihr Haar war wunderschön.«

»Finden Sie?« Einen Moment lang klang sie abwesend, fast verträumt.

Mit einem leichten Schaudern wickelte ich die Puppe wieder in das Papier, sorgsam darauf bedacht, keine Strähne des dunklen Haars hervorschauen zu lassen. Dann legte ich das Bündel auf den Boden, dorthin, wo Anna es nicht sehen konnte.

»Es war ein Fehler, sie Ihnen zu bringen«, sagte ich bedauernd.

»Machen Sie sich nichts daraus.«

»Eigentlich gehört sie wohl doch nicht Ihnen.«

»Sondern *ihr*? Ja, mag sein.«

»Darf ich Ihnen etwas gestehen?«

Ihr Lächeln wirkte traurig, als sie langsam nickte.

»Ich habe meine Rolle gerne gespielt«, sagte ich. »Trotz allem.«

»Ihre Rolle?« Sie klang nicht wirklich verwundert.

Ich zögerte mit einer Erwiderung. Bei all dem war ich immer nur ein Spielball gewesen. Eine Puppe wie die am Boden, benutzt, um Gefühle und Wünsche in Anna zu beleben, die ihr Glaube abgetötet hatte. Ich sollte das fehlende Glied sein, das die beiden Flügel des Schmetterlings von neuem aneinander band.

Trunkene, herrliche, verrückte Narretei.

»Die Rolle des Lebemanns und Weiberhelden«, sagte ich, und auch das war die Wahrheit. »Die des Trinkers. Die Rolle des Dichters, der nicht mehr weiß, worüber er schreiben soll, weil es nichts mehr gibt, woran er glaubt.«

Ihr Blick war warm und voller Sanftmut, doch dahinter knisterte eine gleißende Flamme, eben erst entfacht. »Haben Sie selbst sich denn wirklich so gesehen?«

Ich nahm ihre Hand und suchte im Schweigen nach einer Antwort.

27

Am Abend wählte ich die falsche Abzweigung und irrte mit brennenden Fußsohlen durch das Labyrinth der Gassen, bis ich endlich den kleinen Platz wiederfand.

Die Schatten der Fassaden waren finsterer, als ich sie in Erinnerung hatte. Die braunen Laubwälle reichten mir fast bis zur Schulter.

Ich legte das Bündel am Boden ab und grub ein Loch in das Blättermeer, dort wo sich seine Wogen an den Häuserwänden brachen. Ich zerriss das Papier und warf es achtlos beiseite. Annas langes Haar umhüllte den kleinen Körper wie ein dunkles Gewand. Nur die schwarzen Augen glitzerten wie Edelsteine im Mondlicht.

Ich legte die Puppe in das Loch, häufte Laub auf ihr Gesicht und auf den starren kleinen Leib.

Über mir knirschte ein Fenster. »Was tun Sie denn da?«, rief eine Stimme.

Ich schaute nicht auf, humpelte nur langsam auf meiner Krücke davon. Ich verließ den Platz durch den einzigen Ausgang. Im Davongehen grüßte ich die Schatten. Das Laub unter meinen Füßen fühlte sich an, als wäre es aus Glas.

Nachwort des Autors

Als Anna Katharina Emmerick am 9. Februar 1824 starb, kam ihr Tod für niemanden überraschend. Schon Wochen vorher waren ihre Schmerzen fast unerträglich geworden. Während der letzten acht Tage sprach sie nur noch mit ihrem Beichtvater Pater Limberg und ihrer Schwester Gertrud. Anna wusste, dass sie sterben würde, und es war ihr Wunsch, dass niemand sonst Zeuge ihres Todes wurde.

Clemens eilte am frühen Abend des 9. Februar in ihre Kammer, aber Anna war bereits tot. Fünfeinhalb Jahre lang hatte er jeden Tag neben ihrem Bett gesessen und in Stichworten ihre Visionen und Gesichte festgehalten, um sie später zu Texten auszuformulieren. Seine Niederschrift ihrer Traumberichte umfasst rund 14 000 Seiten. Ein Großteil davon ist bis heute unveröffentlicht.

Brentano war im September 1818 als überzeugter Atheist nach Dülmen gekommen. Seine Schriften waren bis zu diesem Zeitpunkt überwiegend vom schwärmerischen Geist der Romantik geprägt. Weder die Literaturwissenschaft noch die Theologie vermag bis heute nachzuweisen, was wirklich während seiner ersten Wochen in Dülmen geschah und ihn zum Bleiben veranlasste. Ihm, dem eitlen, oft als arrogant und egoistisch gescholtenen Stadtmenschen, muss der ärmliche Ort im Münsterland wie eine andere Welt erschienen sein. Zudem bekam er Streit mit Limberg, Wesener und Gertrud; allein dem alten Abbé galt seine Achtung.

Was also konnte solch einen Mann, einen Frauenliebling und verwöhnten Kaufmannssohn, derart fesseln, dass er dafür nicht nur auf all den Luxus seines früheren Lebens verzichtete, sondern noch dazu auf all die gelehrten Freundinnen und Freunde, die ihm fortan – wenn überhaupt – nur noch mit verhohlenem Spott begegneten?

Fest steht, dass Brentano sich mit einem Mal in eine Welt des Übernatürlichen versetzt sah, die ihn mit Marienvisionen, nächtlichen Teufelsbesuchen und Geistreisen ins Heilige Land konfrontierte. Spötter haben behauptet, sein Verstand habe darunter gelitten. Was aber, wenn die Erklärung viel einfacher ist? Wenn Brentano, der sich als junger Mann Hunderter Liebschaften gebrüstet hatte, am Krankenlager der Anna Katharina Emmerick etwas fand, das er seit dem Tod seiner ersten Frau Sophie so schmerzlich vermisst hatte? Wenn er sich, zum ersten Mal seit vielen Jahren, wieder ernsthaft verliebte?

Die Wahrheit bleibt offen zur Interpretation. Die katholische Kirche hat in den zahllosen Schriften, die in ihrem Namen oder von ihren Anhängern über das Phänomen der Anna Katharina Emmerick verfasst wurden, niemals eingestanden, dass es etwas anderes gewesen sein könnte als christliche Demut, die Brentano in Dülmen hielt. Die kirchliche Variante hat fraglos eine Berechtigung – ich erlaube mir allerdings, meine die menschlichere zu nennen.

Kai Meyer, Juni 1991

Überraschende Mischung aus Fantasy und Thriller

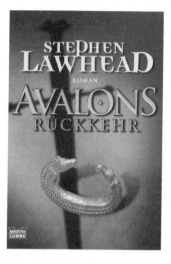

Stephen Lawhead
AVALONS RÜCKKEHR
Roman
576 Seiten
ISBN-13: 978-3-404-15502-6
ISBN-10: 3-404-15502-5

König Edward IX. ist tot, die Monarchie in England soll abgeschafft werden. Doch in den schottischen Highlands entdeckt ein junger Mann ein Geheimnis, das den Verlauf der Geschichte ändern wird. Denn er, James Arthur Stuart, ist kein gewöhnlicher Mensch. In ihm scheint sich die alte Prophezeiung von der Rückkehr König Arthurs zu erfüllen. An seiner Seite: der undurchschaubare Mr. Embries, besser bekannt als Merlin. Mächtige Feinde verbünden sich gegen James. Nicht nur Arthur scheint wiedergeboren und Merlins Zauberkraft nicht die einzige Magie zu sein, welche die Jahrhunderte überlebt hat ...

Bastei Lübbe Taschenbuch

Der zweite Fall von Rotrud von Saulheim am Hofstaat Friedrichs I.

Susanne Kraus
DAS FLAMMENSIEGEL
Historischer Roman
384 Seiten
ISBN-10: 3-404-15491-6
ISBN-13: 978-3-404-15491-3

Crema, 1159: Mit einem riesigen Heer belagert Kaiser Friedrich I., genannt Barbarossa, die italienische Stadt. In der nahe gelegenen Burg San Bassano bangt Rotrud, die Kammerzofe der Kaiserin, um das Leben ihres Gatten Trushard. Als ein Ritter kaltblütig umgebracht wird, ist sie nicht länger bereit, tatenlos zu warten, während Trushard in höchster Gefahr schwebt. Als Mann verkleidet, schleicht sie sich in das kaiserliche Lager. Dort werden die Krieger von mysteriösen Plagen und Todesfällen heimgesucht. Sind es himmlische Zeichen, oder hat ein menschlicher Teufel seine Hand im Spiel? Die Spur führt zu einem dunklen Geheimnis, das die Zukunft des Reiches bedroht ...

Bastei Lübbe Taschenbuch